Angie Pfeiffer

Küsse niemals einen Frosch

Angie Pfeiffer

Küsse niemals einen Frosch

Märchenhafte Erzählungen

Deutsche Erstausgabe 2015
© by Angie Pfeiffer
Covergestaltung phoch3
Dieses Buch ist auszugsweise unter dem Titel
„Der Sonnenstein" als E-Book veröffentlicht
worden

Herstellung und Verlag:
BoD – Books on Demand, Norderstedt
ISBN: 978-3-7392-0458-1

Der Sonnenstein

Es war einmal

Tränenperlen

Das kristallene Kleinod

Das Opfer

Der verfluchte Garten

Wolfsbruder

Fauler Zauber

Küsse niemals einen Frosch

Das musikalische Quartett

Fernando findet sein Glück

Die Kürbiskatze

Der Zauberhut

Der Sonnenstein

Der Schein des vollen Mondes ließ die Bern-
steinburg erstrahlen, tauchte die Zinnen in
gleißendes Silberlicht. Hoch auf den Klippen
gelegen, schien die Burg über den Wolken zu
schweben.
****

Amber hob die Arme, drehte sich einmal um
sich selbst, genoss das Silberbad. Wie immer
bei Vollmond hatte sie sich auf die höchste
Zinne der Burg begeben und badete im sanften
Mondlicht. Sie genoss Nächte wie diese, denn
in ihnen fühlte sie sich weniger allein und wie
durch ein mystisches Band mit der Feenwelt
verbunden. Sie seufzte tief. Es war nicht einfach, in ständiger Einsamkeit zu leben.

Früher, als ihre Eltern hier Hof gehalten hatten, war die Burg voller Leben gewesen. Ständig gab es Empfänge. Alles, was in der Zau-
berwelt Rang und Namen hatte, ließ sich gern
an den Hof des Feenkönigs und seiner Gemahlin bitten. Doch das änderte sich schlagartig.
Durch einen, für Amber unfassbaren Zauber
war die Burg plötzlich aller ihrer Bewohner
beraubt worden. Einzig die Tochter des Her-
scherpaares bleib einsam und allein zurück.
Amber, die zu dieser Zeit gerade einmal 150
Geburtsnächte gefeiert hatte, und so kaum den
Kinderschuhen entwachsen war, erinnerte
sich, als ob alles erst gestern gewesen wäre:

Sie hatte, wie immer, den hellen Tag verschlafen, doch statt nach Sonnenuntergang in ihrem Bett zu erwachen, fand sie sich an diesem Abend mitten auf dem Burghof wieder. Wie sie hier hingekommen war, erschien ihr unbegreiflich, sie richtete sich verwundert auf. Alles erschien seltsam unwirklich, wo sonst betriebsame Hektik herrschte, war nun alles gespenstisch still. Amber rieb sich verschlafen die Augen, erwartete, ja hoffte, jeden Moment aus diesem Albtraum zu erwachen, doch alles Suchen, alle verzweifelten Rufe halfen nicht. Von den weiteren Burgbewohnern fehlte jede Spur. In der Folgezeit versuche die kleine Feenprinzessin mehrfach die Burg zu verlassen, doch es gelang ihr nie. Sobald sie das schwere Tor mühsam geöffnet und einen Schritt über die Schwelle gesetzt hatte, überkam sie ein Schwindel. Versuchte sie trotzdem weiter zu gehen, fiel sie in eine tiefe Ohnmacht, aus der sie immer auf dem Burghof liegend aufwachte. Niemals konnte sie sich daran erinnern, wie sie dort hin gelangt war. Das Burgtor fand sie anschließend wie durch Zauberhand geschlossen vor. Auch ließ sich kein Besucher mehr auf der Bernsteinburg blicken. Es schien, als würde sie außerhalb von Zeit und Raum schweben. Bald gab es die kleine Fee auf, aus ihrem Gefängnis zu entkommen. Wohin hätte sie sich auch wenden sollen? Ihr ganzes bisheriges Leben spielte sich doch auf der Burg über den Wolken ab.

Das alles war lange her, Amber hatte 149 weitere einsame Geburtsnächte erlebt. Jetzt stand sie auf der höchsten Zinne und badete im Licht. Ihr erstes Mondbad kam ihr in den Sinn: *Die Königin hatte sie eines Abends sanft bei der Hand genommen und sie auf die Zinne geführt. "Das Licht des vollen Mondes ist etwas ganz besonderes", hatte sie ihrer Tochter erklärt. "Es gibt uns einen Teil unserer Zauberkraft, das ist ein altes Mysterium. Der Mond ist sanft und gut, die Nacht unsere Zeit, das musst du dir merken, mein Kind. Doch hüte dich vor dem Tageslicht!", hier machte die Mutter eine Pause. Eine Wolke verdunkelte den Mond. Eine kalte Macht schien nach Ambers Herz zu greifen. Entsetzt fasste sie sich an die Brust, doch ehe der kalte Hauch Besitz von ihr ergreifen konnte, war der Moment verflogen, der Mond schien wieder hell und freundlich. Ihre Mutter legte ihr schützend den Arm um die Schultern, strich ihr das widerspenstige Haar aus dem Gesicht. "Die Sonne ist mächtig, sie kann unseresgleichen mit ihren Strahlen versengen. Selbst wenn du glaubst, dass du dagegen gefeit bist, so riskierst du dein Leben. Darum noch einmal, hüte dich vor dem Tageslicht, Amber!"*

Diesen Rat hatte die kleine Fee beherzigt. Tagsüber hielt sie sich im Inneren der Bernsteinburg auf und wagte sich erst nach Sonnenuntergang ins Freie, so wie alle Feen. "Was soll das", entschlossen schüttelte Amber den

Kopf, sodass ihre honigfarbenen Haare flogen. Sie wollte sich diese wunderbare Nacht nicht durch trübe Gedanken verderben. "Trotzdem wäre es schön, das Mondlicht mit jemandem zu teilen!" Sie sprach ihren Gedanken laut aus und schrak zusammen als sie neben sich eine Stimme hörte. "Teilen hört sich gut an, aber ein saftiges Hühnchen wäre mir lieber. Das Mondlicht macht nicht satt."

Verblüfft schaute Amber sich um und entdeckte zu ihren Füßen einen Fuchs, der sie treuherzig ansah und dabei zierlich eine Pfote hob. "Wenn ich mich vorstellen darf, mein Name ist Frido. Ich habe dich schon öfter auf den Zinnen gesehen und mich gefragt, was du da machst, so ganz allein."

"Wie bist du bloß in die Burg gekommen?", fragte Amber atemlos. Ihre Gedanken überschlugen sich. Gab es vielleicht doch eine Möglichkeit die Burg zu verlassen?

"Och, das ist leicht", erwiderte Frido ein wenig hochnäsig. "Unsereiner findet immer ein Schlupfloch. Was meinst du, wie viele Hühnerställe ich schon geplündert habe. Ich habe einen Riecher für günstige Einstiegsmöglichkeiten ..."

"Das ist interessant, aber ein Hühnerstall ist die Bernsteinburg nun gerade nicht", fiel ihm Amber ins Wort. "Also sag schon: Wie bist du hereingekommen."

Frido rümpfte beleidigt die Nase. "Sag du mir erst einmal, wer du bist und warum du ganz allein in einem so großen Bau lebst. Hier ist doch alles viel zu riesig für ein so kleines, dürres Mädchen wie dich."

"Hey, du, ich bin überhaupt nicht klein und schon fast 300 Mondjahre alt." Die Fee ließ den Kopf hängen. „Doch die Hälfte dieser Zeit war ich allein. Und nur, damit du das weißt, ich bin kein Mädchen, sondern eine Fee, wie sonst könnte ich deine Sprache verstehen. Meine Eltern sind König und Königin des Feenreiches." Amber erzählte dem Fuchs, ihre seltsame Geschichte. Frido hörte ihr aufmerksam zu, ohne sie auch nur ein einziges Mal zu unterbrechen. Als die kleine Fee ihre Geschichte beendet hatte, schaute er sie mit einem seltsam nachdenklichen Gesichtsausdruck an. "Eine Feenprinzessin bist du also? Das kommt mir komisch vor, denn ich habe schon viele deiner Art gesehen und sie schauten ganz anders aus." Amber kräuselte verdutzt die Stirn. "Natürlich bin ich eine Fee. Was sollte denn anderes an mir sein?"

"Nun ja, die Feen, die ich gesehen habe leuchten anders als du. Du leuchtest auch schön, aber nicht silbrig kalt wie das Mondlicht, sondern warm und goldig, fast wie die Sonne. Zudem ist Feenhaar fein und silbern, es sieht aus wie ein Gespinst aus fließenden Mondstrahlen. Deine Haare sind nicht besonders fein, sondern dick und kraus. Sie erinnert mich an den Draht, mit dem so mancher Mensch seinen Hühnerstall schützen will. Trotzdem mag ich dein Haar, denn es sieht lecker aus. Die Farbe erinnert mich an den Inhalt des Honigtopfes, den ich einmal in einem günstigen Moment erwischt habe", hier musste Frido heftig schlucken, denn das Wasser war ihm im Munde zusammengelaufen.

"Nein, das kann nicht sein", rief Amber erschrocken aus. "Meine Mutter hat mich vor dem Tageslicht gewarnt. Die Sonne verbrennt uns Feen mit ihrem Feuer."

"Das weiß ich nicht zu sagen. Unsereiner schläft ja meistens tagsüber und geht in der Nacht auf die Jagd." Frido blickte bedauernd zum Horizont. "Leider ist für diese Nacht die Jagdzeit verstrichen, ohne dass ich an einen leckeren Bissen gelangt wäre. Wenn du das Sonnenlicht meiden willst, so solltest du dich langsam in der Burg verstecken."

Wirklich rötete sich der Horizont bereits, die Sonne schickte sich an, aus ihrem Nachtschlaf zu erwachen. Hastig machte sich Amber an den Abstieg, um rechtzeitig in ihr Schlafgemach zu gelangen. "Sehen wir uns morgen wieder? Schließlich musst du mir noch deinen Schleichweg in die Burg zeigen", rief sie Frido über die Schulter hinweg zu. "Mal sehen. Aber erst muss ich für einen vollen Magen sorgen, denn mit einem knurrenden Loch im Bauch kann ich nicht denken."

Hinfort trafen sich Amber und Frido in jeder Nacht. Der Fuchs zeigte Amber seinen geheimen Weg in die Bernsteinburg, doch konnte sich die kleine Fee zu ihrem Leidwesen nicht durch den schmalen Mauerschlitz zwängen, obwohl sie selbst für eine Fee besonders zierlich war. Einmal brachte Frido ihr ein frisch erbeutetes Huhn mit, doch Amber wandte sich schaudernd ab. Sie hatte sich noch nie Gedanken ums Essen gemacht. Alle Feen ernähren sich von Nektar, der in großen Krügen im Keller der Burg eingelagert war.

"Aber was machst du, wenn alle Krüge einmal leer sind", fragte Frido, der das tote Huhn dezent hatte verschwinden lassen, um es später in aller Ruhe zu verspeisen. Amber fasste sich an den Kopf. "Daran habe ich überhaupt noch nicht gedacht. Wenn alle Krüge geleert sind, dann muss ich wohl verhungern. Doch es sind unendlich viele, die Gefahr besteht also erst einmal nicht. Viel schlimmer ist die Einsamkeit." Sie kraulte Frido hinter dem Ohr, was diesen vor Wohlbehagen grunzen ließ. "Ich bin so froh, dass du den Weg hierher gefunden hast, obwohl ich mich nach meiner Familie sehne, so sehr, dass ich manchmal ganz krank bin."

"Nun", begann der Fuchs zögernd. "Ich hätte eine Idee. Aber du musst dazu versuchen, die Burg zu verlassen."

"Ich will alles tun, wenn es mir nur meine Familie zurückbringt."

"Gut, du hast mir erzählt, dass du, wenn du versuchst die Burg durch das große Tor zu verlassen, zuerst von einem Schwindel erfasst und dann ohnmächtig wirst. Anschließend wachst du im Burghof wieder auf und das Tor ist geschlossen. Das kann nicht mit rechten Dingen zugehen. Wenn du also noch einmal versuchst, die Burg zu verlassen, so könnte ich mich in der Nähe verstecken und sehen, was vor sich geht." Amber schauderte es, doch nach einem kurzen Zögern willigte sie in den Plan ein.

Gleich am nächsten Abend machte sie sich, gefolgt von Frido, auf den Weg zum Burgtor. Wie so oft öffnete sie mühsam den schweren Torflügel, und während sich der Fuchs in der Nähe versteckte, machte die kleine Fee einen Schritt auf die Torschwelle zu. Sofort wurde ihr schwindelig und übel. Noch ein weiterer Schritt. Sie setzte den Fuß auf die Schwelle. Ihr Herz begann wie wild zu rasen, die Beine gaben unter ihr nach, es wurde ihr schwarz vor Augen. Sie fiel in eine tiefe Ohnmacht.

„Alles ist gut", ein rot - braunes, gutmütiges Gesicht, beugte sich über sie. Frido leckte ihr vorsichtig über die Wange. Amber setzte sich vorsichtig auf, denn ihr war immer noch schwindelig. „Hast du etwas gesehen?", fragte sie neugierig. „Und ob", Frido trippelte aufgeregt von einer Pfote auf die andere. „Ich glaube, dass wir dem Rätsel ein ganzes Stück näher gekommen sind. Aber eins nach dem anderen. Wie fühlst du dich? Kannst du laufen? Ich hätte dich schon längst in deinen Bau gebracht, aber du bist mir zu schwer, obwohl du ein ziemlich mickeriges Mädchen bist."

„Ich bin eine Fee, wie oft soll ich dir das noch sagen! Und überhaupt kann ich gut allein laufen." Amber richtete sich auf. Obwohl sie noch etwas wackelig auf den Beinen war, begann sie den Aufstieg zur Burgzinne. Frido folgte ihr, wobei er ununterbrochen redete. „Also - ich hatte mich gut versteckt, selbst du hast mich nicht gesehen, stimmt's? Ja, unsereiner ist schon ein Meister der Schleichkunst. Das liegt in meiner Natur. Was meinst du, wie viele fette Hühnchen ich schon auf diese Art ergattert habe. Man muss eben sehen, wo man bleibt. Die Menschen wollen all die wohlschmeckenden Hühner für sich allein ..." Hier unterbrach ihn Amber, denn sie waren auf der Burgzinne angekommen. „Jetzt hör schon auf, von deinen ekeligen Essgewohnheiten zu erzählen. Was hast du gesehen?" Frido klappte für einen Augenblick die Schnauze zu, besann sich dann aber und erzählte. „Also, noch einmal von vorne: Ich hatte mich gut versteckt und dir zugeschaut, wie du das Burgtor öffnetest. Übrigens, das hätte ich dir kleiner Person gar nicht zugetraut." Ein Blick von Amber genügte, er verbesserte sich schnell. „Ja, ich weiß, du bist eine Fee. Du bist näher und näher an die Schwelle getreten und plötzlich bist du umgekippt", er schnalzte mit der Zunge. „Einfach so. Erst wollte ich zu dir hinlaufen, denn ich hatte Angst, du hättest dich verletzt, doch dann ..."

Frido wartete ab. Schließlich hatte er sich in Lauerposition gebracht, um herauszufinden, was hier gespielt wurde. Er musste nicht lange warten. Kaum dass Amber bewusstlos auf der Torschwelle zusammengebrochen war, näherte sich eine finstere Gestalt. Woher der schwarze Ritter plötzlich gekommen war, konnte selbst Frido, der stolz auf sein feines Gehör war, nicht ausmachen. Er duckte sich, schmiegte sich enger in sein Versteck, denn von diesem Ritter ging eine unheimliche Bedrohung aus, die ihn schaudern ließ. Am Liebsten hätte er die Flucht ergriffen, einzig die Sorge um Amber ließ ihn diesen Gedanken schnell verdrängen. Also lugte er vorsichtig um die Ecke und sah zu seinem Erstaunen, dass sich der schwarze Ritter über die kleine Fee gebeugt hatte. Zärtlich strich er ihr die Haare aus dem Gesicht. Dann hob er sie mit einer vorsichtigen Bewegung auf, trug sie behutsam in Richtung des Burghofes. Frido folgte ihm verstohlen. Auf dem Burghof angekommen legte der schwarze Ritter Amber sehr behutsam auf dem Boden ab. „Ich weiß, dass du hier bist und mich beobachtest. Du kannst dich zeigen", dröhnte er mit bitterer Stimme. Frido erstarrte, war es möglich, dass der Ritter ihn entdeckt hatte? Sollte er aus seinem Versteck hervortreten? Ehe er zu einer Entscheidung gekommen war, ballte sich, wieder wie aus dem Nichts, eine schwarze Wolke zusammen, manifestierte sich und eine hoheitsvolle, in dunkle Kleider gehüllte Frau stand mitten auf dem Burghof. „So hast du immer noch Gefallen an der hässlichen kleinen Fee?", zischte sie den schwarzen Ritter an. „Wann erkennst du endlich, dass ich dir so viel mehr bieten kann, als diese ... diese Missgeburt, die ich vernichten werde!" Der Ritter legte die Hand an den Gürtel, als würde er nach seinem Schwert tasten. „Wage es nicht, Mengia! Sie ist von königlichem Geblüt. Du weißt genau, dass nur alle fünftausend Jahre ein goldenes Feenkind geboren wird. Eine besondere Fee, die Sonne und Mond miteinander vereint, die beide Reiche mit ihrer Gabe verbinden kann. Der es vergönnt ist, auch bei Tag, unter der Sonne zu wandeln und die ihre Kraft nicht nur vom blassen Schein des Mondes abhängig machen muss." Er maß sein Gegenüber mit hochmütigem Blick. „Du armes Geschöpf dauerst mich, denn du bist eifersüchtig auf dieses schöne Wesen. Doch so sehr du dich auch bemühst, du wirst niemals dein Ziel erreichen, denn sie ist stark und widersteht deinen Zauberkünsten, so wie ich. Du kannst mich für immer mit deinem Bann belegen, trotzdem werde ich nicht aufhören, sie zu lieben." Die schwarze Dame Mengia lachte schrill auf. „Du liebst sie? Doch weiß sie nichts von dir. Wenn sie dich sehen könnt! Sie würde sterben vor Schreck, denn du bist der schwarze Ritter geworden. *Es mag sein, dass du deine Vergangenheit noch nicht vergessen hast, mein goldener Prinz, doch dafür werde ich schon noch sorgen. Deine Liebste wird mit dem nächsten vollen Mond das 300-ste Lebensjahr vollenden, und wenn der Tag die Nacht verdrängt, werde ich da sein. Ich werde ihr all ihre Kraft nehmen, sie wird gar nicht wissen, was geschieht. Denn sie hat den Sonnenstein nicht entdeckt, wird ihn nicht finden und sie weiß meinen Namen nicht"*, wieder lachte Mengia schrill. Das klang so schrecklich, dass Frido sich in heller Panik die Ohren zuhielt. *„... ist der Stein vor ihren Augen, doch sie ist zu dumm, um ihn zu sehen, denn sie glaubt immer noch, dass das Sonnenlicht ihr schadet. Sie wird die Bersteinburg niemals von meinem Zauber befreien können. Du wirst ganz mein sein. Zusammen werden wir ein dunkles Schreckensreich errichten."* Mengias Stimme erreichte Frido wieder. Jetzt ärgerte er sich darüber, sich die Ohren zugehalten zu haben. Er lugte vorsichtig aus seinem Versteck. Der Prinzen war neben Amber auf die Knie gefallen. Er strich ihr noch einmal über das Haar. *„Leb wohl"*, murmelte er mit erstickter Stimme. Seine Gestalt wurde undeutlich, verblasste, war schließlich verschwunden. Die dunkle Dame beugte sich noch einmal über die kleine Fee. *„Bis bald, du hässliches Feenkind, dann wird dein goldener*

Prinz mir gehören, mir allein." Auch ihre Ge-
stalt verschwand.

„Wir müssen diesen Sonnenstein finden. Er ist irgendwo in der Burg versteckt. Ist er dir denn noch gar nicht aufgefallen? Überhaupt scheinst du auch bei Tag und im Sonnenlicht herumlaufen zu können." Frido verstummte, einerseits, weil ihm die Puste ausgegangen war, andererseits, weil er nichts mehr zu erzählen hatte. Amber hatte ihm staunend zugehört, ihr schwirrte der Kopf. Konnte es sein, dass sie nur einen bestimmten Stein, den Sonnenstein, finden musste, um ihre Eltern wieder zu sehen? Doch wo sollte sie suchen? Frido versuchte sie zu beschwichtigen. „Der Stein muss ganz leicht zu finden sein, du hast eben noch nie darauf geachtet. Denk nach! Wenn wir ihn erst einmal haben, so wird sich alles Weitere schon finden." Amber ließ resigniert den Kopf hängen. „Wir haben nicht mehr viel Zeit. Du hast es selbst gehört: Beim nächsten Vollmond ist mein 300-ster Geburtstag, bis dahin müssen wir den Sonnenstein haben, sonst wird die schwarze Fee mich vernichten." Etwas anderes ging ihr durch den Sinn: „Erzähl mir mehr von dem schwarzen Ritter. Er scheint gar nicht so düster zu sein, wie du es erst glaubtest. Wenn er wirklich der goldene Prinz wäre ... Meine Mutter erzählte mir so viel von ihm und seinem Königreich, dass mich die Sehnsucht danach packte, diesen Prinzen einmal mit eigenen Augen zu sehen."

In den nächsten Nächten suchten Amber und Frido die Burg fieberhaft nach dem Sonnenstein ab, doch sie konnten ihn nicht erkennen. Alle Steine erschienen ihnen ganz gewöhnlich, nichts ließ darauf schließen, dass einer von ihnen besonders war. Schließlich gaben sie die Suche auf. Am Abend vor Ambers Geburtsnacht saßen die beiden niedergeschlagen nebeneinander auf der Zinne der Bernsteinburg. „Was soll nur geschehen, ich weiß mir keinen Rat mehr", klagte die kleine Fee. Frido stand entschlossen auf. „Ich gebe nicht auf, der verflixte Stein muss irgendwo sein." Er tippte sich an die Stirn. „Mir fällt noch etwas ein. Der Ritter hat gesagt, dass die Sonne nicht fürchten musst. Vielleicht ist das die Lösung. Möglicherweise kann man den Stein nur am Tage erkennen. Du solltest es einfach einmal probieren." Entsetzt musterte Amber den Fuchs. „Nein, das wage ich nicht. Was würde geschehen, wenn er sich irrt. Überhaupt, wenn ich den Stein des Nachts nicht finde, warum sollte ich ihn tagsüber sehen können?"
„Weil er Sonnenstein heißt", erwiderte Frido nachdenklich. „Egal, ich werde jetzt noch einmal die Burg absuchen, vielleicht haben wir irgendetwas übersehen."

Heute war Ambers Geburtsnacht. Sie hatte Frido auf seiner Suche nach dem Stein nicht mehr begleitet, denn sie hatte allen Mut verloren. Als der Fuchs in der Morgendämmerung unverrichteter Dinge zurückkehrte, ging sie wortlos in ihr Schlafgemach, wo sie bis zum nächsten Abend vor sich hin dämmerte. Sie war wie zerschlagen aufgestanden und gleich auf die höchste Zinne der Burg gestiegen, wo sie der Dinge harrte. Frido hatte sich im Laufe des Abends zu ihr gesellt, sich schweigend und bedrückt neben sie gesetzt. Gemeinsam schauten sie dem aufgehenden Mond zu, der immer höher stieg und sie schließlich in sein Silberlicht tauchte. Die Nacht war sternenklar, keine noch so kleine Wolke verdeckte den Mond. „Diese Nacht ist ganz besonders schön und wie für deinen Geburtstag gemacht. Ich schenke sie dir", sagte Frido schließlich leise. „Danke", flüsterte die kleine Fee. „Es ist wunderschön. Ich kann nicht glauben, dass dies der letzte Vollmond für mich sein soll."

So saßen sie einträchtig beieinander, wortlos und doch einander verstehend. Schon zeugte die Morgenröte vom Ende der Nacht. Amber, die sonst hektisch in die Burg gelaufen war, saß unbeweglich auf ihrem Platz. „Ich werde einfach hier sitzen bleiben", murmelte sie leise. „Wenn die Sonne mich verbrennt, so ist das ein gnädigerer Tod, als für immer und ewig in der Burg eingeschlossen zu sein."

„So, meinst du", erscholl eine bösartige Stimme hinter ihr. „Jetzt ist meine Stunde gekommen, ich werde ein für alle Mal Schluss mit dir und deinem Geschlecht machen." Erschrocken drehten Amber und Frido sich um und sahen sich der schwarzen Fee gegenüber. Doch ehe diese auch nur einem Finger rühren konnte, stand der schwarze Ritter zwischen ihr und Amber. „Du wirst sie nicht anrühren", sagte er mit gefährlich leiser Stimme. „Erst musst du mich töten!"

„Nichts leichter als das, mein goldener Prinz." Mengia wies mit der Hand auf den Ritter, ein gleißender Blitz traf ihn. Die Fee kicherte böse, während sie einen weiteren Hagel aus Blitzen auf ihn nieder regnen ließ. „Dann stirb für sie", kreischte sie böse. Der Ritter wandte sich unter dem Blitzeregen, fiel, blieb schließlich bewegungslos liegen. Während Amber und Frido dem grausamen Schauspiel bewegungsunfähig zuschauen mussten, geschahen mehrere Dinge gleichzeitig: Die Sonne war am Horizont erschienen und tauchte die Szene in einen goldenen Schimmer, ließ Amber in ihrem Schein hell leuchten. Gleichzeitig leuchtete der oberste Stein der Zinne golden auf, fast erschien er heller als die Sonne. Frido wies verblüfft darauf. „Das ist er", stammelte der Fuchs fassungslos. Im nächsten Moment löste er sich aus seiner Erstarrung, kletterte flink hinauf, hob den losen Stein aus seiner Verankerung und warf ihn Amber zu, die ihn aus einem Reflex heraus auffing. Die kleine Fee schien mit dem Stein zu verschmelzen, während die Mengia sich auf sie stürzte, um ihr den Sonnenstein zu entreißen.

„Schnell, sie heißt Mengia, du musst ihren Namen sagen", schrie Frido und stürzte sich der schwarzen Fee in den Weg. Amber hob wie in Trance den Arm. „Mengia, sei auf ewig verdammt. Deinen Zauber hebe ich auf", die Worte kamen ihr von ganz allein über die Lippen, während sich ein gleißender Strahl aus dem Sonnenstein auf die schwarze Fee richtete, sie ganz einhüllte. „Ich verbrenne", kreischte Mengia, während sie in einem hoch auflodernden Flammenkreis stand. Die Glut schlug über ihr zusammen, loderte noch eine Weile weiter, um schließlich zu verlöschen. Übrig blieb ein Häuflein Asche, das schnell vom aufkommenden Wind über die Brüstung geweht wurde. Amber wandte sich dem schwarzen Ritter zu, doch welche Verwandlung war mit ihm vorgegangen. Statt der düsteren Gestalt lag hier der goldene Prinz, zwar in tiefer Ohnmacht, doch atmete er ruhig und stetig. Frido holte tief Luft. „Ich habe es dir doch gleich gesagt, du kannst ruhig auch tagsüber hinaus, die Sonne verbrennt dich überhaupt nicht. Wenn du bloß nicht immer so ängstlich wärst, kleines Mädchen!"

„Ich bin kein Mädchen, ich bin eine Fee, wie oft soll ich dir das noch sagen?!"

Epilog:

Der Sonnenstein hob Mengias Zauber vollständig auf. Amber war noch am selben Abend mit ihrer Familie vereint. Bald feierte man auf der Bernsteinburg ein großes Fest zu Ambers Ehren. Ein ganz besonderer Gast bedankte sich von Herzen für seine Rettung und gestand Amber, dass er schon lange sein Herz an sie verloren hatte. Er bat um ihre Hand.

„Hoffentlich hat er auf seiner Burg einen anständigen Hühnerstall, sonst wird das nichts mit einer Heirat, schließlich kann ich ein so mickeriges Mä...", hier unterbrach sich Frido. „Ich meine eine so junge und unerfahrene Fee nicht allein an den Hof des goldenen Prinzen ziehen lassen, auch nicht als seine Frau!"

Es war einmal ...

Versunken saß Angelina an dem kleinen Tümpel mitten im Wald. Sie schaute den Sonnenstrahlen zu, die sich durch das Blätterdach stahlen und goldene Muster zauberten. Die Bäume spiegelten sich im Wasser, das sich ab und zu kräuselte und das Bild ein wenig verschwommen werden ließ. Wann immer es möglich war, sie sich wegstehlen konnte, lief sie hier her, denn der Weiher übte eine unwiderstehliche Anziehungskraft auf sie aus. Hier fand sie Ruhe und Frieden, konnte Kraft tanken. Einerseits war es schön eine Prinzessin, das einzige Kind ihres Vaters, zu sein. Der König liebte sie von ganzem Herzen und erfüllte jeden ihrer Wünsche. Andererseits war sie eingezwängt in ein Korsett von Äußerlichkeiten, denn die Etikette musste eingehalten werden. Egal wie sie sich fühlte, sie hatte, als Mitglied der königlichen Familie, zu funktionieren. Nun, daran würde sich nichts ändern, auch nicht, wenn ihr Vater den passenden Gemahl für sie gefunden hatte. Der König war eifrig auf der Suche, hatte schon einige Bewerber in die engere Wahl gezogen. Obwohl er sie aufrichtig liebte, erwartete er doch, dass sie seine Entscheidung akzeptierte. So verlangte es die Tradition, so waren auch ihr Vater und die, bei ihrer Geburt verstorbene Mutter zusammengekommen. Oft fragte Angelina sich, wie es wohl wäre zu lieben. Jemanden zu finden, er diese Liebe erwiderte, der bedingungslos zu ihr stand. Gerade in der letzten Zeit verspürte sie eine unbestimmte Sehnsucht, die sie immer wieder an den verschwiegenen Weiher führte.

Doch sie hatte lange genug vor sich hingeträumt, bestimmt wurde sie schon vermisst. Energisch stand sie auf, schüttelte ihre Röcke aus und erstarrte, denn sie sah im Wasserspiegel, dass jemand am gegenüberliegende Ufers saß. Verwirrt schaute sie genauer hin, konnte aber niemanden sehen. Einzig im Wasser erblickte sie einen jungen Mann, der sich jetzt zögernd erhob, ihr zuwinkte. Das konnte nur ein Trugbild sein. Angelina kniff die Augen fest zu und öffnete sie vorsichtig wieder. Der Mann kam einen Schritt näher, stand jetzt direkt am Weiher. Doch eigentlich stand dort niemand, einzig sein Spiegelbild schaukelte sanft auf der Wasseroberfläche. Von heller Panik erfasst raffte Angelina ihre Röcke und lief so schnell sie konnte nach Hause.

„Kind, du bist ja ganz erhitzt und schau dir nur an, wie schmutzig deine Röcke wieder einmal sind! Man könnte dich glatt für eine Bauernmagd halten." Ihre erste Hofdame seufzte vernehmlich. „Wo bleibt nur deine königliche Würde! Contenance, meine Liebe! Schließlich sollst du bald verheiratet werden. Welcher ernst zu nehmende Freier will schon so einen Wildfang haben." Hier musste Frau von Tulpenwalde erst einmal Luft holen, was Angelina die Möglichkeit gab, an ihr vorbei zu schlüpfen. „Es tut mir wirklich leid, ich werde mich bemühen, in Zukunft besser auf meine Röcke zu achten", rief sie über die Schulter zurück und erklomm leichtfüßig die Treppe zu ihren Gemächern. Hier setzte sie sich für einen Augenblick aufs Bett. Was hatte sie sich bloß eingebildet? Ein Mann im Wasser, der sonst nicht zu sehen war. Bestimmt hatte ihr die Fantasie einen Streich gespielt und es waren nur ein paar Äste, die sich im Wasser gespiegelt hatten. Angelina kam nicht mehr dazu über dieses Trugbild nachzudenken, denn Frau von Tulpenwalde betrat ihr Schlafgemach. „Du musst dich schnellstens umziehen. Dein Vater hat für den heutigen Abend ein Festbankett anberaumt. Der Prinz von Kaiserskronen ist früher als erwartet eingetroffen. Es wird gemunkelt, dass er um deine Hand anhalten will. Er soll ein schöner Mann sein und sehr wohlhabend dazu." Sie nahm Angelinas Hand. „Ach, Kind, dass ich das auf meine alten Tage noch erleben darf. Schon deine Mutter war mir lieb und jetzt bist auch du eine junge Dame." Sie ließ abrupt die Hand los und rümpfte die Nase. „Und du siehst nicht sehr damenhaft aus. Hopp, hopp, umziehen ist angesagt. Der Prinz will eine vornehme junge Dame sehen und keine Gänsemagd!"

Zögernd ließ sich Angelina am Ufer nieder. Sie war, seit sie das Trugbild im Wasser gesehen hatte nicht mehr hier gewesen. Doch heute brauchte sie Ruhe, um nachzudenken. Das Bankett war ein voller Erfolg geworden. Prinz Gustavio von Kaiserskronen, ganz entzückt von ihr, führte ein paar Tage später ein langes Gespräch mit Angelinas Vater. Heute hatte der König ihr mitgeteilt, dass seine Entscheidung gefallen war. „Der Prinz ist eine gute Partie, mein Kind. Er hat mir zugesichert, unser Königreich ohne Wenn und Aber an euren ältesten Sohn weiterzugeben. So Gott will, werde ich lange genug leben, um meinen Enkel auf dem Thron zu sehen." Prinzessin Angelina hörte ihm schweigend zu, und obwohl sie wusste was von ihr erwartet wurde, regte sich Widerstand in ihr. Sie wurde verschachert wie eine Ware. Zudem war Prinz Gustavio ihr nicht unangenehm, doch konnte sie es sich nicht vorstellen, ihr Leben mit ihm zu verbringen. Sie war so in Gedanken versunken, dass sie die Gestalt hinter sich gar nicht wahrnahm. Erst eine Bewegung seines Spiegelbildes ließ sie aufschrecken. „Bitte lauf mir nicht wieder weg", sagte er leise. Die Stimme schien leicht wie ein Lufthauch, war in ihren Gedanken. Sie schaute sich um, doch hinter ihr befand sich niemand. Einzig der Wasserspiegel zeigte sein Bild. „Was bist du?", fragte sie zögernd.

„Darf ich mich zu dir setzen? Dann will ich es dir erklären."

Angelina rückte ein wenig zur Seite und er setzte sich im gebührenden Abstand neben sie.

„Wieso kann ich dich nicht richtig sehen?", fragte sie wieder.

„Das liegt daran, dass du ein Mensch bist. Ihr seht nur das Offensichtliche. Ich bin ein Wesen der Luft." Er rückte ein wenig näher. „Die Menschen sehen nur das, was sie sehen wollen, was in ihre Welt passt."

Angelina musterte sein Spiegelbild genauer. Er gefiel ihr, saß ganz selbstverständlich neben ihr, als ob das schon immer so gewesen wäre, kam ihr seltsam vertraut vor.

„Oh ja", lächelte er. So, als habe er ihre Gedanken gelesen. „Ich habe schon oft neben dir gesessen, du hast es nur nicht wahrgenommen. Du warst immer in Gedanken versunken und in letzter Zeit sehr traurig." Angelina runzelt die Stirn. „Heiß das, dass du mich schon öfter beobachtet hast? Warum kann ich dich ausgerechnet jetzt sehen", sie zuckte die Schultern. „Im Spiegel sehen, meine ich."

„Es ist an der Zeit." Sein Ausspruch klang rätselhaft, doch er erklärte nichts. Saß schweigend neben ihr, betrachtete wie sie das Spiegelbild im sonnenblinkenden Wasser.

„Hast du einen Namen", fragte sie schließlich. Er lachte leise. „Natürlich habe ich einen Namen. Ich heiße Lorián."

„Lorián", sie wiederholte den Namen. „Werde ich dich morgen wieder hier finden?" Er schaute sie ernst an. „Wenn du das möchtest, wirst du mich immer finden."

Von nun an stahl sich Angelina jeden Tag aus dem Palast, um Lorián zu sehen. Immer fand sie ihn im Spiegel des Weihers. Oft saßen die beiden in stiller Eintracht nebeneinander, sich wortlos verstehend, zufrieden in der Gegenwart des Anderen. Alle Sorgen fielen von ihr ab, wenn sie sein vertrautes Bild sah. Immer öfter kam ihr der Gedanke wie es wäre, ihn in seiner wirklichen Gestalt zu sehen, ihn zu berühren, von ihm berührt zu werden. Sie wagte es nicht, ihre Sehnsucht in Worte zu fassen, denn sie fürchtete, ihn zu verlieren. Auch Lorián sehnte sich nach einer Berührung, doch schwieg auch er aus Furcht Angelina für immer zu verlieren.

So verging die Zeit, die Hochzeit mit Prinz Gustavio rückte immer näher. Angelina hatte alle Vorbereitungen über sich ergehen lassen.

Ansonsten vermied sie es, an die bevorstehende Hochzeit zu denken, doch sie wurde immer trauriger. Nach wie vor konnte sie sich ein Leben an der Seite des Prinzen nicht vorstellen. Gustavio versuchte in allem, ihr Wohlwollen zu erregen, ihr zu gefallen, doch je mehr er sich anstrengte, umso widerwilliger ließ sie seine Gunstbeweise über sich ergehen. In ihrem Herzen sehnte sie sich nach Lorián. Als Angelina eines Tages neben ihm am Weiher saß fasste sie sich ein Herz. „Was würde passieren, wenn ich deine Hand ergreife", fragte sie. Lorián schaute sie einen Augenblick aufmerksam an. „Wenn du das möchtest, so solltest du es ausprobieren", antwortete er. Zögernd tastete sie nach seiner Hand. Er kam ihr auf halbem Weg entgegen. Sie spürte den sanften Druck seiner Finger. Überwältigt schloss sie die Augen und fühlte. Fühlte, wie seine Hand an ihrem Arm entlang wanderte, sie sanft streichelte. „Warum kann ich dich fühlen und nicht wirklich sehen", murmelte sie, unfähig die Augen zu öffnen und den Zauber zu brechen. Er hielt einen Moment inne, nahm langsam seine Hand von ihrem Arm. „Es gibt eine Möglichkeit", begann er zögernd. „Aber du musst dir ganz sicher sein, denn es gibt kein Zurück." Sie öffnete die Augen. „Ich weiß, dass es kein Zurück mehr gibt, denn ich liebe dich. Ich würde alles dafür tun, um immer mit dir zusammen zu sein, wenn das auch dein Wunsch ist."

„Es ist an der Zeit", begann er, die Worte ihrer ersten Begegnung wiederholend. „Ich habe über dich gewacht, denn ich liebte dich vom ersten Augenblick an. Doch die Zeit war noch nicht reif und ich übte mich in Geduld. Dann wurdest du so traurig und sehnsuchtsvoll, an jedem Tag mehr. Das konnte ich nicht ertragen und wollte dich trösten. Doch dazu musstest du mich sehen können. Deshalb bat ich meine Brüder und Schwestern, die Geister der Luft, um Beistand. Sie gewährten mir die Bitte. Du kannst mein Spiegelbild sehen, kannst mich fühlen. Doch wenn wir für immer miteinander glücklich sein wollen, dann musst du werden wie ich."

„Wie sollte das gehen?"

„Meine Brüder und Schwestern müssen dich in ihre Gemeinschaft aufnehmen. Um das zu erreichen, gibt es nur eine Bedingung", hier verstummte Lorián.

„Welche Bedingung? So sag doch!"

Er lächelte sie traurig an. „Sie fordern deinen Tod, damit wir glücklich werden können. Mehr kann und darf ich nicht sagen. Doch wenn du mir vertraust, so werden wir auf ewig zusammen sein." Angelina wich schaudert zurück. „Ich will nicht sterben. Wenn du mich wirklich lieben würdest, so könntest du das nicht von mir verlangen."

„Bitte vertrau mir, ich liebe dich!" Loriáns Spiegelbild verblasste, verschwand plötzlich

ganz. Angelina war allein und eine tiefe Traurigkeit überkam sie.

„Aber Kind!" Frau von Tulpenwalde schloss
leise die Tür. „Wo bleibst du denn nur wieder.
Dein Vater wartet auf dich, er will ein Wort
mit dir reden." Angelina hob müde den Kopf.
Sie war tränenblind zurück in den Palast ge-
stolpert, hatte sich in ihren Gemächern verkro-
chen. Jetzt waren die Tränen versiegt, zurück
blieben Kummer und Hoffnungslosigkeit. Frau
von Tulpenwalde musterte sie aufmerksam.
„Was ist passiert? Du bist in letzter Zeit nicht
wiederzuerkennen. Du möchtest den Prinzen
nicht heiraten, nicht wahr? Gibt es einen Anderen?"

„Ja." Angelina nickte zögernd.

„Wenn ich dir nur helfen könnte. Doch du
wirst dich damit abfinden müssen, den Prinzen
von Kaiserskronen zu heiraten. Glaub mir, du
hättest es schlimmer treffen können. Jetzt
musst du dich gebührend ankleiden, dein Vater
ist schon sehr ungeduldig."

Auf dem Weg zu den Gemächern ihres Vaters
fasste Angelina einen Entschluss: Sie würde
den Prinzen niemals heiraten, lieber wollte sie
bis an ihr Lebensende ledig bleiben.

„Was fällt dir ein, dich meinen Anordnungen
zu widersetzen, du dummes Ding! Ich werde
dir die Flausen schon austreiben!" Der König
baute sich drohend vor seiner Tochter auf.
„Wenn du nicht gehorchst, so werde ich dich
bis zum Tag deiner Hochzeit in deine Gemä-

cher sperren. Du bekommst nur Wasser und trockenes Brot, das wird dich schon gefügig machen!"

So geschah es. Der König ließ seine Tochter einsperren, niemand durfte mit ihr sprechen. Einmal am Tag brachte ihr die alte Hofdame Wasser und trockenes Brot. Doch die Prinzessin verspürte weder Hunger, noch Durst und rührte Wasser und Brot nicht an, wurde immer durchscheinender und zerbrechlicher. Tag und Nacht saß sie am Fenster, dachte an ihren Liebsten. Sie wünschte sich zu ihm, bedauerte, nicht in den Tod gegangen zu sein, denn dieses Los erschien ihr besser, als das Leben an der Seite des ungeliebten Prinzen zu fristen.

So vergingen Wochen, bis sich eines Nachts ihre Tür wie von Zauberhand öffnete. Frau von Tulpenwalde schlich sich ins Schlafgemach. „Ich kann dein Leid nicht mehr mit ansehen, meine kleine Prinzessin", flüsterte sie. „Du sitzt hier in deinem goldenen Käfig und wirst vor Kummer vergehen. Wenn du zu deinem Liebsten willst, so werde ich dich nicht davon abhalten." Angelina erhob sich zögernd. Sollte sie es wirklich wagen? Die Prinzessin straffte die Schultern. Sie würde zum Weiher gehen und dort auf Lorián warten. Sie würde ihm vertrauen, denn sie wollte nicht ohne ihn sein.

Sie fühlte seine Anwesenheit, ehe er ein Wort gesprochen hatte. „Ich will nur bei dir sein", flüsterte sie. Auch jetzt schwieg er, nahm sie in die Arme, hielt sie fest. Sie sanken in das Gras. „Bis du sicher", flüsterte er.

„Ja, ganz sicher!"

Er küsste sie leidenschaftlich und die Welt versank um sie.

Als der Morgen dämmerte, nahm er sie bei der Hand, führte sie ganz dicht an den Rand des Weihers. In Wasserspiegel sah sie ihn nah bei sich. „Bist du ganz sicher?", fragte er noch einmal.

„Ja, ich war mir noch nie sicherer", antwortete sie mit fester Stimme.

„Dann vertraue mir bitte. Du siehst mein Bild auf dem Wasser, nicht wahr. Bitte komm zu mir." Sein Spiegelbild steckte ihr die Arme entgegen.

Plötzlich wusste sie, was zu tun war. Sie vertraute ihm mit allen Fasern ihres Herzens, sie sprang.

Es wisperte und flüsterte um sie. Ein warmer Wind umschmeichelte sie, sie schwebte. „Willkommen", wisperte es. „Willkommen bei den Wesen der Luft. Du bist jetzt eine von uns."
Ehe sie antworten konnte, umfing er sie und sie wusste, dass sie für immer vereint bleiben würden.

Tränenperlen

Heute gab es im Palast des Königs der Ozeane ein ganz besonderes Fest, denn seine Frau hatte ihm vor genau 12 Jahren ein Kind geschenkt, ein Mädchen noch dazu. Das Königspaar war überglücklich gewesen, denn schon die alten Mythen verhießen Glück und Reichtum für das Königshaus, in dem das erstgeborene Kind eine Tochter war. Die kleine Wasserprinzessin wuchs heran, war wohlgestaltet und von großer Schönheit. Die riesigen Augen glitzerten wie Smaragde, blickten neugierig in die Welt. Auch ihr Haar war eine Besonderheit, grün wie das tosende Meer umschmeichelte es sie, hüllte sie in einen zarten Schleier.

Heute sollte die Prinzessin endlich ihren Namen bekommen, was für ein Wasserwesen ein Ritual von besonderer Wichtigkeit ist. Erst der Name macht aus ihm eine Person von Bedeutung, jemanden, der als vollwertiges Mitglied in die Gemeinschaft aufgenommen wird. Das gilt für Mitglieder des Königshauses genau so, wie für den ärmsten Seebodennöck.

Aufgeregt zappelte die kleine Wasserprinzessin hin und her, während ihre Amme versuchte ihr bunte Seeanemonen in die Haare zu flechten. „Was meinst du, wie werde ich wohl heißen?", überlegte sie laut. „Vielleicht Vila, aber nein, das ist zu einfach. Unda ist ein schöner Name, er würde mir gefallen."

Die Amme zog ihren Schützling lächelnd in die Arme. „Fertig, Ihr seht wunderschön aus." Ein spielerischer Stupser auf die Nase. „Ihr seid so neugierig wie ein Paradiesfisch. Jetzt wartet noch einen Augenblick hier. Ich schaue nach, ob die Vorbereitungen für das Fest abgeschlossen sind", mit diesen Worten verließ die Amme das Gemach.

„Ich kann gar nicht still sein, das ist alles so spannend." Die Prinzessin hüpfte auf ihrem Sitz hin und her, doch eine unheimliche Stimme ließ sie innehalten. „Hier bin ich, Prinzessin!" Wie aus dem Nichts sah sich die Angesprochene dem seltsamsten Wassermann gegenüber, das sie je gesehen hatte. Zwar unterschied er sich auf den ersten Blick nicht von allen anderen, doch schienen seine Gesichtszüge unfertig und irgendwie verrutscht zu sein. Die Augen blickten seltsam ausdruckslos, totengleich. Auch stimmten die übrigen Proportionen seines Körpers nicht. Die Arme zu lang, der Torso kurz und gedrungen, der Rücken von einem Buckel verunziert. „Ich komme, um euch zu holen, Prinzessin", nuschelte er mit seltsam hoher Stimme. „Ich warte schon sehr lange auf euch und heute werde ich endlich belohnt."

Ehe sie sich von ihrem Schreck erholen und antworten konnte, stürmte die Amme in das Gemach. „Schnell, Prinzessin, Euer Vater ist schon ganz ungeduldig. Ich habe mir beim Schmücken Eurer Haare zu viel Zeit gelassen und jetzt grummelt er wie ein Tiefseevulkan. Eure Mutter kann ihn nicht mehr lange beruhigen." Ehe die Prinzessin es sich versah, zog die Amme sie in Richtung des Festsaales. Im Herausgehen warf sie noch einen kurzen Blick zurück und stellte verwundert fest, dass der seltsame Wassermann verschwunden war. Sie zuckte die Schultern. Jetzt würde sie ihr Fest und ihren Namen bekommen, von der Begegnung konnte sie auch noch morgen erzählen.

Der Festsaal wurde von Tausenden leuchtenden Fischen erhellt, die an der gläsernen Decke schwebten. Überall funkelten Edelsteine, sodass es eine Pracht war. Doch damit nicht genug; zur Feier des Tages hatte der König das Meeresleuchten angestellt. Es strahlte in warmem, wohltuendem Licht aus dem Meeresboden selbst hervor, badete die Prinzessin in diamantenem Glanz, während sie das Spalier des versammelten Hofstaates durchschritt. Beim Anblick seiner geliebten Tochter vergaß der König seine Ungeduld und strahlte mit dem Festsaal um die Wette. „Da bist du ja, mein Kind", dröhnte er. „Das Warten hat sich gelohnt, du bist wahrlich eine Augenweide und mein größter Schatz." Galant wandte er sich seiner Gemahlin zu. „Sie kommt ganz nach dir, meine Liebe!" Die Königin maß ihn mit einem nachsichtig, ironischen Blick. „Natürlich, mein Bester, käme sie nach dir, so wäre sie wohlbeleibt und hätte keine Haare auf dem

Kopf. Nun lass uns zur Namensgebung schreiten."

Die Prinzessin beugte das Knie und ihr Vater legte ihr segnend die Hände auf das Haupt. „Heute ist dein besonderer Tag", begann er. „Wir haben uns zusammengefunden, um dich in unsere Gemeinschaft aufzunehmen, mit allen Rechten und Pflichten. Deine Mutter und ich sind uns wie immer einig. Du bist ein ganz besonderes Wasserwesen und deshalb gebührt dir ein ganz besonderer Name, ein Name, der so alt und wunderbar ist wie das Meer. Ab dem heutigen Tag sollst du Nicchessa heißen ..."

„Hallo Bruder, ich bin hier um deine Schuld einzufordern", unterbrach ihn eine hohe, wie zersprungenes Glas klingende Stimme. Der König erstarrte und ließ langsam die Hände sinken, während die Prinzessin zögernd den Kopf hob. Vor dem Thron stand der seltsame Wassermann und fixierte ihren Vater mit kaltem Blick. „Bruder", begann der König mit leiser Stimme. „Was machst du nur, du störst die Namensgebung meiner Erstgeborenen."

„Wegen ihr bin ich hier. Du versprachst mit vor langer Zeit deinen größten Schatz. Dafür hast du die Königswürde bekommen, obwohl doch ich der Erstgeborene bin. Ich habe sie dir abgetreten, jetzt löse dein Versprechen ein." Der Wassermann steckte gierig seine Hände nach Nicchessa aus.

„Nein", stammelte der König, während seine Gemahlin lautlos vor sich hin weinte. „Du kannst alles von mir bekommen, doch bitte lass uns unser Kind! Nimm all unsere Juwelen, nimm dir das Meeresleuchten, du kannst alles haben ..."

„Doch all das begehre ich nicht. Du kannst mir diesen Wunsch nicht verwehren, denn du hast es bei deiner Ehre geschworen: Dein größter Schatz sollte mein sein und Nicchessa ist das größte, wertvollste Juwel aller Ozeane. Nun gehört sie mir." Die Prinzessin hatte dem Wortwechsel fassungslos gelauscht. „Vater, was hat das alles zu bedeuten? Ich will nicht mit diesem hässlichen alten Nöck gehen."

„Er ist Nidöggr, mein älterer Bruder, dein Onkel", lächelte der König sie traurig an „Wir sind als Zwillinge zur Welt gekommen, er ist zwar nur drei Minuten älter als ich, doch hätte ihm, als Erstgeborenem, die Königswürde zugestanden. Als unsere Eltern starben, zog er es vor, in einem finsteren Graben zu hausen. Jetzt kommt er her, um ein Versprechen einzulösen, das ich ihm leichtsinnig gegeben habe. Ich versprach ihm einen Schatz, wenn er mich unbehindert regieren lässt. Ich konnte doch nicht wissen ..."

„Genug der Worte", unterbrach Nidöggr seinen Bruder harsch, er wies mit seinem dürren Finger auf die Prinzessin. „Du kommst jetzt mit mir, denn mein königlicher Bruder muss sein Versprechen einlösen. Er hat es geschworen, bei seiner Ehre." Der König seufzte schwer. „Du musst mit ihm gehen, mein Kind. Ich werde vor Kummer vergehen, denn du nimmst all meine Freude mit dir. Wie gern möchte ich dir diesen Weg ersparen, doch ich kann es nicht. Der Schwur gilt. Wenn ich ihn nicht erfülle, so wird das ganze Königreich zugrunde gehen. Ich bitte dich inständig mir zu verzeihen." Und während die Königin ihre Tochter weinend in die Arme schloss, verließ der König der Ozeane mit schleppendem Schritt den Festsaal.

Starr vor Entsetzen und Fassungslosigkeit war Nicchessa dem missgestalteten Wassermann gefolgt. Niemand hatte es gewagt ihn aufzuhalten, so groß war der Horror vor ihm. Nidöggr führte sie tief in den Marianengraben, dorthin, wo die Welt vor schwarzer Kälte zu erstarren schien. Hier hatte er seine Höhle, die einzig von einem matt schimmernden Kristall erhellt wurde. Unwirsch stieß er die Meeresprinzessin in eine Ecke. „Das wird für lange Zeit dein Platz sein. Du sollst dich nur rühren, wenn ich es dir erlaube. Und jetzt weine für mich!" Nicchessa hielt den Blick gesenkt. „Ich habe noch nie geweint. Bis jetzt bin ich doch immer glücklich gewesen", flüsterte sie, während ihr die Tränen in die Augen traten.

„Dann wird es die höchste Zeit, dass du bitteren Kummer und salzige Tränen schmeckst. Du wirst deine Eltern nie wiedersehen und bis an dein Lebensende in meiner Höhle bleiben. Oh, du wirst dich daran gewöhnen, wirst die Dunkelheit lieben lernen, wirst mir deine Tränen schenken."

„Warum bist du nur so böse", schluchzte Nicchessa, während ihr die ersten Tränen ihres Lebens über die Wangen liefen. Doch jede ihrer Tränen war eine wunderschöne, schimmernde Perle. „Ja, weine für mich", Nidöggr führte einen Veitstanz auf, während er die Perlen aufsammelte. „Sie schimmern und glimmern, sie machen mich reich", murmelte er immer wieder, während er seinen Körper grotesk verrenkte. Schließlich hatte die Prinzessin keine Tränen mehr. Sie fühlte sich hohl und leer und fiel in einen tiefen Schlummer. Als sie erwachte, glaubte sie einen Moment an einen bösen Traum, doch wieder stand der verschlagene Wassermann vor ihr und verlangte, dass sie Tränenperlen weinte.

So ging es jeden Tag aufs Neue. Nicchessa saß in ihrer Ecke und weinte still vor sich hin, während Nidöggr ihre Tränen aufsammelte und in einer kleinen Truhe verstaute.

„Was tust du mit all den Tränen?", fragte sie einmal. Nidöggr fixierte sie kalt, in seinen sonst wie tot wirkenden Augen kam ein seltsam melancholischer Schimmer. „Ich sammele sie, denn sie sind von unschätzbarem Wert." Er nahm eine besonders große Perle zwischen seine spinnengleichen Finger und hielt sie dich vor sein Gesicht. „Sie schenken mir etwas von deinem Glanz, lassen mich erahnen, wie es sein könnte auf dem perlmutternen Thron zu sitzen, eine Gemahlin neben mir, die mich bewundert, ja vielleicht sogar liebt." Nicchessa unterbrach ihn eifrig. „Wenn du mich zurück zu meinem Vater bringst, so wird er sicher mit sich reden lassen. Vielleicht lässt er dich ab und zu auf seinem Thron sitzen und bestimmt findest du eine Nixe, die dich bewundert ..."

„Du törichtes Ding", mit einem gequälten Ausruf unterbrach der Wassermann sie. „Dein verruchter Vater hat mir die Liebste genommen, sie war alles, was ich wollte. Doch er umschmeichelte sie, sodass sie nur noch Augen für ihn hatte. Der Thron war mir egal, denn ich hatte ja meine Königin verloren." Er grinste diabolisch. „Doch jetzt habe ich seinen größten Schatz. Er wird nie wieder glücklich sein – und SIE mit ihm!"

Einmal am Tag verließ er die Höhle um für Nahrung zu sorgen. Doch bevor er auf die Jagd ging, kettete er sein Opfer mit einer goldenen Schnur in der Höhle fest. So sehr die Prinzessin sich auch mühte, sie konnte die magische Fessel nicht abstreifen. Nach ein paar Stunden kam ihr Peiniger zurück, befreite sie von der Schnur und warf ihr einige Algen vor die Füße, denn sie weigerte sich, wie er lebende Fische zu essen. Wie sehr sehnte sich Nicchessa nach etwas Licht. Sie träumte vom gleißenden Meeresleuchten, von Sonnenstrahlen, welche das Wasser zum Glitzern brachten, vom dämmerigen Türkis des Ozeans. Doch nun lebte sie in unendlicher Schwärze, die ihren Sinn trübte und sie immer trauriger werden ließ.

Gwaragedd zügelte sein Wasserross. Dieser Meeresgraben war mit Abstand der dunkelste Abgrund, den er während seiner Reisen gesehen hatte. Langsam stieg er ab und trat zögernd näher, um zu erkunden, wie tief es hinab ging. Doch so sehr er sich den Hals verrenkte, er konnte den Meeresboden nicht erkennen. Vorsichtig machte er einen weiteren Schritt, beugte sich neugierig weiter vor. Plötzlich bebte der Boden, der Ozean schien sich kurz zu schütteln, und ehe Gwaragedd es sich versah, war er schon kopfüber in den Graben gerutscht. Er schien eine unendliche Zeit zu fallen, bis er unsanft auf einem Vorsprung im Felsen landete. Bevor er in eine tiefe Ohnmacht fiel, meinte er zwei Smaragde funkeln zu sehen.

Eine sanfte Berührung ließ ihn erwachen. „Bitte wach auf, bitte, bevor er zurückkommt", hörte er eine liebliche Stimme flüstern.

„Ich bin ja wach." Mühsam richtete er sich auf. Wieder schaute er in zwei Smaragde, die zu einem Wassermädchen gehörten. Jedenfalls glaubte er das, denn in der tiefen Dunkelheit sah er nur ihre Konturen - und die glitzernden Augen. „Du musst dich verstecken", hauchte sie angstvoll. „Er kommt bestimmt gleich zurück und wenn er dich hier entdeckt wird er dich töten." Gwaragedd straffte sich. „Ich habe keine Angst." Sein Blick fiel auf die goldene Schur, welche am Bein der Prinzessin leuchtete. „Sage mir, wer hat dir das angetan? Wie kann ich dich befreien?"

„Ich flehe dich an, verstecke dich ganz hinten in der Höhle, dorthin kommt er niemals. Nidöggr ist ein böser Nöck. Er tötet dich ganz bestimmt und mich dazu."

Gwaragedd konnte sich dem Flehen der Prinzessin nicht verschließen und versteckte sich auf ihr Geheiß im tiefsten Höhlenschwarz. Kaum war er in den hintersten Winkel geschlüpft, so polterte Nidöggr in die finstere Behausung. „Das Meer bebte. Ich dachte schon dir wäre etwas geschehen, Prinzessin. Das wäre wirklich schade, denn du sollst noch viele Perlen für mich weinen." Misstrauisch schnüffelte er. „Hier stimmt etwas nicht, es stinkt nach Elben! Sag schon, was versteckst du vor mir?"

„Das bildest du dir nur ein. Das Seebeben hat den Meeresboden aufgewühlt. Wer weiß, welch dunkles Geheimnis jetzt im schwarzen Graben lauert", antwortete die Prinzessin schnell. Bei dem Gedanken, dass er den jungen Elben entdecken und töten könne wurde ihr ganz traurig zumute, die Tränen rannen ganz ohne Nidöggrs Zutun. Der fing ihre Perlentränen auf. „Sie schimmern und glimmern, sie machen mich reich", murmelte er immer wieder. Als die Tränen der Prinzessin versiegt waren, gähnte er. „Ich habe so lange auf der Lauer gelegen, doch kein Fischlein wollte mir ins Netz gehen. Das Jagen hat mich müde gemacht. Jetzt will ich schlafen, also störe mich nicht."

„Willst du mir denn nicht die Fessel abnehmen, du bist doch jetzt hier", fragte die Prinzessin rasch. Der Wassermann musterte sie misstrauisch. „Du wirst mir nicht entkommen. Selbst wenn du aus der Höhle fliehen könntest, so würde ich dich im dunklen Graben schnell finden und du würdest bitter büßen müssen!" „Bitte", Nicchessa versuchte zu lächeln. „Ich gewöhne mich schon fast an die Höhle. Die Dunkelheit ist – besonders." Nidöggr bückte sich, betastete ungeschickt ihren Knöchel, sodass es der Prinzessin vor Abscheu übel wurde. „Du wirst dich hier noch wohlfühlen. Bis dahin werde ich gut auf dich aufpassen", mit diesen Worten legte er sich vor den Ausgang der Höhle und war bald schon eingeschlafen. Vorsichtig kam Gwaragedd aus seinem Versteck. „Du hast Recht, er ist böse. Wenn ich ihn töten muss, um dich zu befreien, so werde ich das tun." Er zog sein Jagdmesser aus dem Gürtel, doch Nicchessa legte ihm die Hand auf den Arm. „Er ist meines Vaters Bruder, wir können ihn nicht töten", flüsterte sie traurig. „Diese Schuld können wir nicht auf uns laden." Ihr Blick fiel auf die goldene Schnur, die Nidöggr achtlos liegen gelassen hatte. Der Elf verstand, nahm die Schnur zur Hand und fesselte den Wassermann, ohne dass dieser aufwachte. „Nun will ich dich nach Hause bringen!" Er umfasste Nicchessa und gemeinsam schwebten sie der Freiheit entgegen. „Mögen deine Tränen auch wie Perlen sein, so möchte ich dich niemals weinen sehen", flüsterte der Elf der Meeresprinzessin zu, während er ihr am Rand des Grabens auf sein Wasserross half und aus der Tiefe das dumpfe Geheul es erwachten Nidöggr erklang.

Das kristallene Kleinod

„Schau, Mama! Dort oben ist ein ganzer Haufen von Blinksternen", sagt der kleiner Junge zu seiner Mutter und weist auf einen hellen Sternenhaufen am Himmel. Die Mutter lächelt und streicht ihm sanft die widerspenstigen Haare aus der Stirn. „Oh, das ist ein ganz besonderes Sternbild", sagt sie und erzählt ihrem Sohn eine Geschichte.

In Gebirge, dort wo sich die Berge trutzig den Wolken entgegenstrecken und die Schluchten am tiefsten und dunkel wie die finsterste Nacht sind, herrschte einmal ein stolzer König. Er war beliebt bei seinen Untertanen, denn er sorgte für sie, schützte sie vor allen Gefahren. Seine Gemahlin war wunderschön, zart und mild wie das Mondlicht, denn sie war die Tochter des Elfenkönigs. Sie hatte ihre Unsterblichkeit aufgegeben und sich für den König entschieden, weil sie ihn von ganzem Herzen liebte. Auch nahm sie für ihre Liebe in Kauf, dass ihr Vater, der Elfenkönig, zornig wurde und sie schließlich verstieß. „Wie kannst du nur", donnerte er. „Für eine so kurze Lebenspanne gibst du alles auf. Für diesen Mann willst du dein Geschlecht verraten!" Die Elfenprinzessin lächelte traurig. „Es wird zwar eine kurze Lebensspanne sein, doch sie ist voller Glück und Liebe, Vater." Der Elfenkönig wandte sich ab. „Nun gut, du hast dich entschieden."

Und obwohl sich ihr Vater von ihr abgewandt hatte, wurde die Elfenprinzessin des Königs Gemahlin. Bald erwartete sie ein Kind, das Glück schien perfekt zu sein. Doch musste sich der König auf eine gefährliche Reise begeben. Sein Ziehbruder, der in den grünen Tälern herrschte, hatte ihn um Hilfe gebeten. Vor seiner Abreise überreichte der König seiner Gemahlin eine kristallene Kugel. „Dieses Kleinod, meine Liebste, macht den Reichtum und den Frieden in unserem Königreich aus. Es macht uns unbesiegbar und sicher gegen alle Mächte der Finsternis. Es zu verlieren würde unser aller Tod bedeuten. Ich will es dir als Zeichen meiner Liebe und Wertschätzung geben. Hüte es wohl. Doch gib Acht, denn dunkle Mächte gieren schon lange nach dieser

Kostbarkeit. Wenn du jemals in arge Bedrängnis gerätst, so versuche trotzdem, es an einen sicheren Ort zu bringen, auch wenn es dich das Leben kostet." Da weinte die Königin bittere Tränen, denn sie fürchtete sich. „Aber was ist das für ein kristallenes Ding. Du hast mir nie davon erzählt." Sie bat und bettelte. So verriet ihr der König, was es mit der Kugel auf sich hatte. „ In ihrem inneren birgt sie das sagenhafte Ei des Benu. Sie schützt die zerbrechliche Schale mit ihrer kristallenen Härte. Einer unserer Vorfahren rettete vor Urzeiten einem weisen Mann das Leben. Der schenkte ihm diese Kugel. Aus ihr schlüpft alle 300 Jahre der gewaltige Benu. Er steigt für eine Nacht auf zu den Sternen, wo er mit den Göttern spricht. Wenn der Morgen dämmert, kommt er zurück auf die Erde, an den Platz, an dem er aufgestiegen ist. Doch in der Glut der Morgenröte verbrennt er zu Asche, aus der sich ein neues Ei formt. Wir, die wir nun die Hüter dieses Geheimnisses sind, haben die Aufgabe, das Ei zu schützen. Dafür belohnt uns der Benu mit Wohlstand und Frieden. Die dunklen Mächte ahnen nicht, wo sich dieses Kleinod befindet. Sie verzehren sich schon lange danach, den Benu zu beherrschen und durch ihn zu den Göttern zu gelangen."

Als sie dies erfuhr, versprach die Königin, das Ei mit ihrem Leben zu beschützen. Der König nahm Abschied und machte sich auf die Reise. Doch bald schon quälten die Königin seltsame

Träume. Sie sah ihren Gemahl in Ketten in einem finsteren Kerker. Ein Schatten, dunkler als die Nacht, beugte sich über ihn, fügte ihm dumpfen Schmerz zu. Auch sah sie Schatten aus den dunklen Tälern aufsteigen. Sie krochen an den Berghängen empor, benetzten sie mit widerlichem, ätzendem Schleim, ließen finstere Hoffnungslosigkeit zurück. Sie sehnte sich nach ihrem Gemahl, doch brachte ihr kein Bote Nachricht von ihm. Auch senkte sich eine seltsame Stimmung über die Burgbevölkerung. Wo zuvor gescherzt und gelacht wurde, gab es kaum noch Zeichen von Fröhlichkeit. Viel mehr war es allenthalben nur Traurigkeit, welche die Menschen ergriff, sodass ein Großteil der Bewohner die Burg verließ. Die Königin nahm es hin, denn auch sie war von der Melancholie ergriffen worden.

Die Zeit verging, die Niederkunft stand kurz bevor. Da träumte die Königin von ihrem Vater. Er stand vor ihrem Lager und beugte sich über sie. Sanft strich er ihr das schweißfeuchte Haar aus dem Gesicht. „Sei unbesorgt, meine Tochter", flüsterte er mit sanfter Stimme. „Ich habe dich aufgegeben, weil du dich für einen Sterblichen entschieden hast. Das ist nicht mehr rückgängig zu machen. Doch verspreche ich dir, dass ich über dein Kind wachen werde. Es wird ihm kein Leid geschehen, egal, welch Unbill dir und deinen Gemahl widerfährt." Im Traum nahm die Königin die Hand ihres Vaters. „Sage mir, was ist meinem Gemahl geschehen. Ich sah ihn in Ketten in einem finsteren Kerker. Auch sah ich dunkle, nebelhafte Schatten an den Grenzen unseres Königreichs." Traurig schüttelte der Elfenkönig den Kopf. „Dein Gemahl ist den finsteren Mächten zum Opfer gefallen. Selbst wenn ich es wollte, so könnte ich ihm nicht mehr helfen. Ich bin gekommen um dich zu warnen, Tochter. Noch kannst du dich in Sicherheit bringen. Doch du musst dich sputen, die Schatten sind nah. Schon lange begehrten sie das Ei des Benu. Nun haben sie es aufgespürt und werden nicht zögern, die Hüter des Geheimnisses zu töten." Die Königin erwachte mit einem Schlag und schaute sich verwirrt um. Zwar war von ihrem Vater nichts zu sehen, doch erschien ihr der Traum wahrhaftig. Auch wusste sie, dass ihr Gemahl nicht mehr lebte. Sie schlug die Hände vor ihr Gesicht. „Wenn er nie mehr zu mir zurückkehrt, so will ich nicht mehr sein, denn er ist mein Leben. So sollen die schwarzen Schatten mich verzehren, so, wie sie es mit meinem Liebsten getan haben", rief sie aus und weinte bitterlich.

Schließlich trocknete sie die Tränen und bemerkte, dass sich in ihrem Gemach ein düsterer Nebel breit machte. Noch waberte er in den Nischen, doch schien er sich langsam auszubreiten. Die Königin zögerte nicht. Es galt die kristallene Kugel und damit das Ei des Benu in Sicherheit zu bringen. Um ihr ungeborenes

Kind machte sie sich wenig Sorgen, denn ihr Vater hatte ja versichert, dass er das junge Leben schützen würde. So nahm sie die kostbare Kugel aus ihrer goldenen Schatulle und wickelte sie in ein seidenes Tuch. Doch wohin sollte sie sich wenden? Der Weg in das Elfenreich war ihr für immer verwehrt. Die verbliebenen Leute in der Burg konnten ihr sicherlich nicht helfen. Auch in den Dörfern würde sie keinen Schutz erwarten können. So beschloss die Königin, das Ei des Benu in den wolkenhohen Bergen in Sicherheit zu bringen.

Lange irrte sie durch das Gebirge, kämpfte sich in schwindelerregende Höhen. Doch folgte der Nebel und mit ihm die dunklen Mächte ihr, welche Höhen sie auch erklomm, wo immer sie sich versteckte.

Schließlich spürte die Königin, dass ihr Kind auf die Welt kommen wollte. Sie verzweifelte, denn der Geburtsschmerz überwältigte sie. Auch wurde ihr plötzlich klar, dass die dunklen Mächte sie immer und überall aufspüren würden, egal, wohin sie sich wandte. Im Abenddämmerlicht erklomm sie mit letzter Kraft den höchsten Gipfel des mächtigsten Berges. Hier nahm sie das kristallene Kleinod in die Hand, dann breitete sie die Arme aus. „Vater, ich bin am Ende meiner Kraft. Ich will meinem Gatten folgen. Behüte mein Kind", rief sie aus und stürzte sich in die Tiefe. Plötzlich erstrahlte der Kristall in reinem Silberlicht. Er pulsierte, öffnete sich und gab einen riesigen, goldenen Vogel frei. Der nahm die Königin sanft in seine Klauen und sprach mit zärtlicher Stimme: „Elfenprinzessin, Menschenkönigin, du hast mich vor den finsteren Mächten, dem dunklen Schatten gerettet. Zum Dank werde ich dich mitnehmen auf meinen Flug zu den Göttern. Dort sollst du für immer am Himmel erstrahlen. Doch wirst du niemals mehr einsam sein. Ich will deinen Gatten zu dir an das Firmament holen, sodass ihr für immer vereint seid. Dein Sohn ist in der Obhut des Elfenkönigs, deines Vaters. Er wird zu einem mächtigen und glücklichen Mann aufwachsen, zum Hüter der kristallenen Kugel."

„Und ist der Sohn der Königin ein großer Superheld geworden, so wie Batman?", fragt der kleine Junge. Wieder lächelt die Mutter. „Das nicht gerade. Er ist bei den Elfen aufgewachsen. Sein Großvater, der Elfenkönig hat ihn behütet. Als es Zeit war, ist er ins Menschreich übergewechselt. Der Elfenkönig vertraute ihm die kristallene Kugel an. Er hat sie sein Leben lang gut behütet und sie an seinen ältesten Sohn weiter gegeben, der wiederum gut auf das Ei des Benu aufgepasst hat und so fort. Du musst bedenken, dass dies alles vor unendlich langer Zeit geschehen ist." Der Junge bekommt ganz große Augen. „Und passt auch heute noch jemand auf das Ei das Benu auf?", fragt er. „Ja, mein Sohn. Auch heute noch gibt es die Hüter der kristallenen Kugel."

Der kleine Junge überlegt einen Moment.
„Sag, Mama, wenn es nicht Batman ist, der das Geheimnis hütet, wer ist es dann?"
Plötzlich wird die Mutter ernst. Sie nimmt ihren Sohn in den Arm und drückt ihn einen Moment an sich. „Der Hüter der kristallenen Kugel trägt deinen Namen", sagt sie.

Das Opfer

Wie häufig in letzter Zeit stand Patricia auf den Klippen, schaute gedankenverloren auf den verschwommenen Horizont. Der Wind zerrte an ihrem Haar, ließ es wie eine leuchtend rote Fahne wehen, trieb ihr die Tränen in die meergrünen Augen. Sie wusste selbst nicht, welche Macht sie immer wieder an die höchste Stelle der Steilküste führte. Oft brach sie, von einer unbestimmten Unruhe getrieben, zu einem Spaziergang auf und fand sich plötzlich in den weiß schimmernden Klippen wieder, die sie mit schlafwandlerischer Sicherheit erklomm.

Heute erschien ihr der Wind stürmischer, das Meer unruhiger als sonst. Riesige Wellen brachen sich an den Felsen, ließen die Klippen erbeben. Gischt hüllte Patricia in einen feinen Nebel. Sie breitete die Arme aus, hieß die

Elemente willkommen. Auch diese Geste war ihr nicht bewusst, eine innere Kraft zwang sie dazu. Plötzlich hörte sie es, undeutlich noch und verschwommen, doch seltsam vertraut.

Das Knattern der im Wind geblähten Segel, das Knarren des gewaltigen Mastes. Das Bild wurde immer deutlicher, war plötzlich gestochen scharf. Die Mermaid stöhnte unter dem Joch des orkanartigen Windes, doch Er dachte nicht daran, die Segel zu streichen, zwang das riesige Schiff mit den Elementen zu tanzen und verlachte höhnisch die Gefahr. „Ich fordere dich heraus. Du wirst mich nicht in die Knie zwingen." Sein blutrotes Haar wehte im Wind, die kalten blauen Augen blitzten verwegen. Wie als Antwort wurde der Orkan noch heftiger, ließ das Schiff unter seinen wütenden Schlägen erzittern. „Du bekommst sie niemals wieder. Ich habe sie zu meiner Frau gemacht, sie trägt mein Kind", während er triumphierend lachte, verblasste die Vision.

Patricia fand sich bedrohlich nah am Rand des steil abfallenden Abgrundes wieder. Sie schwankte, hatte Angst das Gleichgewicht zu verlieren, ließ sich im letzten Moment rückwärts auf den feuchten Boden fallen. Was hatte das nur zu bedeuten? Plötzlich erschien ihr alles unwirklich, mit einem Seufzer machte sie sich an den Abstieg.

„Kind, du bist ja völlig durchnässt. Bei dem Wetter draußen herumzustreunen, du wirst dir noch den Tod holen." Patricias Großmutter stemmte die Hände in die Hüften und musterte ihre Enkelin missbilligend, während sie ein Staccato vom Stapel ließ, das sich gewaschen hatte.

„Ach Oma, ich weiß auch nicht, was in letzter Zeit mit mir los ist. Ich will nur kurz an die Luft gehen und lande immer wieder auf den Klippen. Heute habe ich dort etwas gesehen ...", Patricia verstummte verzagt. Sie war sich nicht sicher, ob sie ihre Großmutter mit dem Gesehenen beunruhigen sollte.

„Du solltest erst einmal trocken werden, sonst wirst du die nächsten Tage im Bett verbringen und sicher nicht auf den Klippen." Kopfschüttelnd drückte die besorgte Oma ihrer Enkelin ein großes, flauschiges Tuch in die Hand. „Ich werde dir nachher eine extra Wärmflasche ins Bett legen, dann hast du schöne warme Füße."

Später, als Patricia dick eingemummelt unter ihrem Deckbett lag, kam ihre Großmutter ins Zimmer. Sie setzte sich still auf die Bettkante. „Du hast also etwas gesehen?", wisperte sie ungewohnt leise und ergriff sachte die Hand ihrer Enkelin. Patricia bemerkte verwundert, wie runzelig die Hand war, die sie hielt. Die Haut erinnerte sie an feines Pergament. „Ja", begann sie zögernd. „Ich stand wieder auf den Klippen. Du musst mir glauben, ich weiß überhaupt nicht, wie ich dort hochgekommen bin." Ihre Großmutter strich ihr begütigend über den Arm und Patricia beruhigte sich. „Es war unglaublich", fuhr sie fort. „Plötzlich erschien es mir, als ob ich an Bord eines riesigen Schiffes wäre. Ich habe sogar die Segel knattern gehört. Es war richtig unheimlich. Dann sah ich diesen Mann. Er schrie gegen den Wind an. So, als ob er mit ihm streiten würde", entschlossen schüttelte Patricia den Kopf. „Das ist alles Quatsch, wahrscheinlich habe ich mir das eingebildet."

Die alte Frau schien in sich zusammenzusacken. „Hat der Fluch auch dich eingeholt", flüsterte sie. „Ich wollte dir das alles so gerne ersparen", sie stand heftig auf. „Flyn, verdammter Freibeuter, kannst du uns nicht in Frieden lassen?"

„Oma, was meinst du?"

Verschämt fuhr sich die Großmutter über die Augen. „Du musst jetzt schlafen, Kind. Ich bin selbst hundemüde, das war heute ein langer Tag", sie drehte sich schwerfällig zur Tür um. „Schlaf gut, meine Kleine. Wir reden morgen weiter."

In dieser Nacht bekam Patricia kein Auge zu. Die merkwürdige Reaktion ihrer Großmutter ging ihr nicht aus dem Sinn, zudem erschien ihr immer wieder das Bild des verwegenen Mannes vor Augen, der Wind und Wellen trotzte. Gegen Morgen fiel sie in einen unruhigen Schlummer.

Wieder sah sie das riesige Schiff aus einer dichten Nebelbank auf sich zu gleiten. Dieses Mal regte sich kein Lüftchen. Gespenstische

Ruhe herrschte, der Nebel schien alle Geräusche aufzusaugen. Plötzlich ein Jammerlaut, ganz leise wie ein Seufzer. Dann hörte Patricia eine melodische Stimme. „Mein Liebster, er wird niemals von mir lassen, uns immer verfolgen. Egal, wohin wir uns wenden, in welche Richtung du die Mermaid treibst, er findet uns", die Stimme wurde leiser, verklang wie ein Windhauch. Flyn antwortete leise und zärtlich, schien die Frau besänftigen zu wollen. Einen Augenblick lang wunderte sich Patricia: Flyn? Wie kam dieser Name in ihren Kopf? Doch sie hatte keine Zeit sich darüber Gedanken zu machen, denn plötzlich stand sie auf der Brücke, so nah neben dem Paar, das dort eng umschlungen stand, dass sie es hätte berühren können. Flyn hatte schützend die Arme um eine grazile junge Frau gelegt, die sich fest an ihn schmiegte. „Ich sollte zurück ins Meer gehen, dann wird er dich in Ruhe lassen", hauchte sie. Flyn schüttelte energisch den Kopf. „Du musst auch an unser Kind denken, Liebes. Er wird es töten, denn er hasst mich. Mein Leben ist nichts wert ohne dich und das Ungeborene. Es muss eine andere Möglichkeit geben." Jetzt war es an ihr, den Kopf zu schütteln. „Es gibt keinen Ausweg. Wir werden immer auf der Flucht sein. Er wird uns verfolgen und keine Ruhe geben, bis er sein Eigentum wieder bekommen hat."

„Du bist nicht sein Eigentum, du gehörst nur dir allein. Doch du hast dich mir geschenkt."

Flyn vergrub das Gesicht in ihrem Haar. Erst jetzt bemerkte Patricia, dass es türkisfarben schimmerte und der Frau bis zur Hüfte hing. Vorsichtig, wie in Trance, steckte sie die Hand aus um eine Strähne zu berühren.

„Ich gehöre für immer dir", lächelte die Frau bitter, „und ich weiß, dass es eine Möglichkeit gibt den Fluch zu brechen. Es wird niederge-schrieben", sie unterbrach sich, denn Patricia hatte wirklich eine Strähne des langen, schimmernden Haares ergriffen und ließ sie durch die Finger gleiten. Es fühle sich seltsam weich und trotzdem schwer an. Ganz anders als gewöhnliches Haar. Die Frau musste et-was bemerkt haben, denn sie drehte sich lang-sam um. Patricia glaubte einen Augenblick in einen Spiegel zu schauen, denn bis auf die seltsamen Haare ähnelte die Frau ihr auf eine unglaubliche Weise. Die gleichen meergrünen Augen, der Schwung der Augenbrauen, die zarten Wangenknochen, all das erinnerte Pat-ricia an sich selbst. „Da bist du ja", hauchte die Frau, „bitte hilf uns, brich den Fluch!"

Das Bild verblasste, Patricia fand sich kerzen-gerade im Bett sitzend wieder. Ihre Großmut-ter stand vor ihr und musterte sie besorgt. „Ist alles in Ordnung mit dir, Kind? Du hast so laut gesprochen, dass ich es bis in die Küche ge-hört habe. Irgendetwas von einem Fluch, glau-be ich."

„Aber Oma, du hast doch selber gestern von einem Fluch gesprochen. Bitte, kannst du mir nicht sagen, was es damit auf sich hat? Ich habe wieder das Schiff gesehen und Flyn und eine Frau. Sie haben auch von einem Fluch geredet." Die Großmutter seufzte. „Du musst es wohl erfahren. Jetzt steh erst einmal in Ruhe auf. Ich mache dir das Frühstück fertig, du musst etwas essen. Anschließend setzen wir uns bei einer Tasse Tee vor den Kamin und ich erzähle dir alles, was ich weiß."

„Ich habe die Geschichte von meiner Großmutter gehört, wie du weißt, ist meine Mutter schon kurz nach meiner Geburt verunglückt, im Meer ertrunken. So hat mich meine Oma großgezogen", begann Patricias Großmutter zögernd, „und die wiederum hörte die Legende von ihrer Mutter. Sie ist immer weiter gegeben worden. Manchmal hat der Fluch eine Generation übersprungen. Ich hoffte so sehr, dass du davon verschont bleiben würdest ... wo doch schon mein kleines Mädchen, deine Mutter ...", die Großmutter seufzte tief. „Ich werde alles tun, um dich vor dem Bösen zu schützen, mein Kind."
„Oma, jetzt erzähl schon was es damit auf sich hat", Patricia war ganz zappelig geworden.
„Du erfährst alles früh genug. Es ist eine traurige Geschichte. Es muss ungefähr 600 Jahre her sein. Flyn, einer unserer Vorfahren, war ein skrupelloser Pirat. Er hatte ein riesiges Schiff, die Mermaid. Angeblich hat er den eigentlich Kapitän des Schiffes kaltblütig getö-

tet und sich die Mermaid unter den Nagel gerissen. Die Crew köderte er mit der Aussicht auf fette Beute. Tatsächlich gelang ihm so mancher Coup. Eines Tages geriet er hoch im Norden bei der Verfolgung einer Fregatte in eine dichte Nebelbank. Als der Nebel sich lichtete, stellte man fest, dass voraus eine Insel lag, die in keiner Seekarte eingezeichnet war. Flyn beschloss die Insel zu erkunden, er witterte hier einen idealen Schlupfwinkel. Also ging er mit einigen Besatzungsmitgliedern an Land. Im Laufe der Exkursion wurde Flyn von den Übrigen getrennt und gelangte in eine Grotte." Hier stockte die Großmutter, nahm einen großen Schluck aus ihrer Teetasse.

„Sag schon, was hat er dort gefunden? Einen Schatz?", Patricia hatte der Geschichte gebannt gelauscht.

„Er fand tatsächlich einen Schatz, aber nicht so, wie du glaubst. In der Grotte begegnete ihm jemand ..."

600 Jahre zuvor

Flyn betrat zögernd die Grotte. Schon von draußen hörte er den leisen Gesang. Er zog ihn unwiderstehlich in seinen Bann. Hier, im Dämmerlicht erschien ihm alles unwirklich. Der nasse Sand dämpfte seine Schritte. Sie schien ihn nicht zu bemerken, saß mit dem Rücken zu ihm, fuhr sich mit den Fingern durch das seltsam schimmernde Haar. Ihr Gesang klang fremd und wunderbar. Vorsichtig, um sie nicht zu erschrecken, hob Flyn die

Hand, berührte sie sacht, ließ eine Haarsträh-
ne durch die Finger gleiten. Sie wandte sich
um. „Da bist du ja! Ich habe dich erwartet.“
Auch wenn sie sprach, klang ihre Stimme me-
lodisch, wie ein Gesang. „Du hast mich er-
wartet?“, fragte Flyn. Sie lächelte. „Aber ja,
hier erfüllt sich dein Schicksal. Du willst doch
bei mir bleiben, nicht wahr.“ Das war keine
Frage sondern eine Feststellung. Flyn zögerte,
schaute sich um. „Diese Grotte wird bald
überflutet, schau, das Wasser kommt schon
zurück.“ Wirklich sickerte bereits Wasser über
den feuchten Sand, wurde schlagartig mehr. In
der Ferne hörte er das Tosen der Brandung.
„Das ist nicht so schlimm“, wieder das Lä-
cheln. „Du willst doch bei mir bleiben?“,
fragte sie erneut. Entschlossen zog Flyn sie
hoch. „Ich glaube es ist besser, wenn wir die
Grotte jetzt verlassen. Vielleicht solltest DU
besser bei mir bleiben, sonst ertrinken wir hier
jämmerlich.“ Er nahm die Widerstrebende auf
den Arm und lief mit großen Schritten in Rich-
tung des Ausgangs. Sie war federleicht, er
bemerkte ihr Gewicht kaum, obwohl ihm das
Wasser schon bis zur Hüfte reichte. „Was tust
du“, rief sie erschrocken aus und fiel in eine
tiefe Ohnmacht. Später, an Bord der Mermaid,
saßen sie in seiner Kajüte eng beieinander.
„Das verzeiht er mir niemals, ich habe ver-
sagt!“ Flyn musterte sie erstaunt. „Wieso hast
du versagt. Wir wären ertrunken. Hast du

nicht bemerkt, wie schnell das Wasser gestiegen ist."

„Nein, ich wäre nicht ertrunken, das Wasser ist mein Element. Du allerdings …"

Plötzlich verstand er. Immer schon hatte es Legenden von Wasserwesen gegeben, die Seeleute in ihr Verderben lockten. „Du bist eine Nixe, nicht wahr?", begann er zögernd, während er sie aufmerksam musterte. Diese grünen Augen, er könnte sich in ihnen verlieren, dachte er bei sich. Sie straffte die Schultern. „Ich bin nicht irgendeine Nixe, sondern von königlichem Geblüt. Die Letzte aus unserem Hause und dem Meerkönig versprochen", sie verstummte kurz. „Jetzt hat sich die Prophezeiung erfüllt." Ihre Augen füllten sich mit Träne. Flyn nahm sie sacht in die Arme. „Nicht weinen, welche Prophezeiung meinst du? Bestimmt ist alles nicht so schlimm, ich werde dir helfen." „Das ist nicht möglich. Es heißt, dass eine Prinzessin Schande über das königliche Geblüt bringen wird. Dass sie sich an einen Sterblichen verliert, so selbst sterblich wird und den Fluch des Meerkönigs auf sich, ihren Liebsten und ihre Kindeskinder lädt. Ihr Tun wird erst gesühnt sein, wenn sie sich aus freiem Willen den Gesetzen des Meeres unterwirft." Er hielt sie fest, strich ihr beruhigend über den Rücken. „So bin ich dein Schicksal geworden, denn ich habe mich vom ersten Augenblick an in dich verliebt. Aber ich glaube nicht an irgendwelche Flüche. Soll dein Meereskönig ruhig kommen, ich werde schon mit ihm fertig werden. Du musst dich sicherlich nicht irgendwelchen Gesetzen unterwerfen." Ein jungenhaftes Lächeln huschte über seine Züge. „Jedenfalls sagt die Überlieferung, dass die Meeresprinzessin und ihr Sterblicher nicht nur Kinder, sondern auch Kindeskinder haben werden." Er hob spielerisch ihr Kinn und sah ihr tief in die Augen. „Wir sollten uns erst einmal um die Kinder kümmern, die Sache mit den Kindeskindern regelt sich dann von allein."

Patricias Großmutter wischte sich über die Augen, es schien ihr schwer zu fallen, mit der Geschichte fortzufahren. Zögernd erzählte sie weiter: „Die beiden bekamen ein Mädchen mit roten Haaren und meergrünen Augen, doch der Meereskönig verfolgte sie mit seinem Zorn, wohin sie sich auch wandten. Jahre später verschwand die Mermaid mit Mann und Maus in einem grausamen Orkan. Das Schiff wurde nie wieder gesichtet, nicht einmal eine Planke wurde an der Küste angeschwemmt. Es geht die Sage, dass sie zuweilen, bei dichtem Nebel schemenhaft zu sehen ist. Wie ein Geisterschiff gleitet sie dahin und man hört den Gesang der Prinzessin. Einzig die Tochter der beiden überlebte, denn Flyn hatte sie vorsorglich an Land bei seiner Schwester untergebracht. Sie zog das Kind groß, Alicia hieß sie und ist deine Vorfahrin. Von ihr hast du die roten Haare und die grünen Augen geerbt.

Doch der Fluch lastet bis heute auf den Frauen in unserer Familie. Immer wieder kam es vor, dass eine von uns zunächst spurlos verschwand und irgendwann vom Meer an den Strand geschwemmt wurde. Meine Mutter und auch meine Tochter, deine Mutter, ihr Unfall mit dem Segelboot ...", hier verstummte die Großmutter für einen Moment. „Doch das Meer lässt uns nicht los, lockt immer wieder. Wir können nur in seiner Nähe glücklich sein. Der Fluch treibt dich immer wieder auf die Klippen, doch ich werde nicht zulassen, dass dir etwas geschieht", rief sie heftig aus.

Patricia hatte staunend zugehört. „Der Fluch kann aufgehoben werden", sinnierte sie. „Das muss irgendwo geschrieben stehen, glaube ich", fügte sie mit einem Zögern hinzu. Ihre Großmutter schaute erstaunt auf. „Woher willst du das wissen, Kind?"

„Ich weiß es einfach, bitte vertrau mir. Die Frage ist, wo wir die Antwort suchen sollen."

Die alte Frau stand schwerfällig auf. „Da fällt mir eigentlich nur eine Lösung ein." Sie kramte in einer Schublade des alten Sekretärs, der in einer Ecke des Wohnzimmers stand, und förderte eine zerfledderte Bibel zutage. „Das ist die Familienbibel. Flyn hatte sie seiner Tochter mitgegeben. Sie ist von Generation zu Generation weitergereicht worden. Ich habe früher unzählige Male darin geblättert, doch es ist mir nie etwas aufgefallen. In den letzten Jahren habe ich sie nicht mehr in der Hand gehabt. Zudem fürchte ich, dass der Einband ein wenig klamm geworden ist."

Patricia nahm das alte Buch ehrfürchtig in die Hand und schlug es auf. Die Bibel war arg mitgenommen, Seiten lösten sich bereits und der Einband hatte durch Feuchtigkeit sehr gelitten. Vorsichtig strich die junge Frau über die Innenseite. Auch hier schien das Papier in Auflösung begriffen. Patricia ertastete eine seltsame Erhöhung, und ehe ihre Großmutter sie daran hindern konnte, hatte sie das Papier vorsichtig vom Einband abgezogen. Ein zusammengefaltetes, brüchiges Blatt Ölpapier fiel ihr entgegen. Vorsichtig faltete Patricia es auseinander. Die beiden Frauen beugten sich ehrfurchtsvoll über den darin befindlichen Brief. „Hier steht etwas", flüsterte Patricia. „Kannst du die komische Schrift lesen?"

Ihre Großmutter nahm das Schriftstück auf und hielt es dicht vor die Augen. „Ja, das ist eine alte Schrift, meine Großmutter hat sie mich gelehrt." Mühsam entzifferte sie: „Dies schreibt Flyn, Freibeuter und unerschrockener Ritter der Meere", sie schnaubte durch die Nase. „Pah, Ritter, der war ein Halunke und Halsabschneider und er hat uns das alles eingebrockt!"

„Oma", unterbrach sie ihre Enkelin.

„Ist ja schon gut, ich lese ja schon weiter ... unerschrockener bla bla, hier geht es weiter. *Im Angesicht der ewigen Dunkelheit schreibe ich dies nieder. Ich werde unsere geliebte*

Tochter in Sicherheit bringen und mit ihr die Wahrheit über den Fluch und wie er zu brechen ist. Doch wir beide, meine Prinzessin und ich, sind untrennbar mit dem Meer verbunden. Wir haben gegen die Elemente gekämpft. Es gelingt ihr nicht mehr, die Wogen mit ihrem Gesang zu glätten und den Wind zu beruhigen, trotzdem werden wir uns dem Kampf stellen, selbst wenn das den Untergang bedeutet. Falls wir nicht mehr zurückkommen, seid gewiss, dass ich meine Liebste bis zum letzten Atemzug beschützt habe. Der Fluch des Meereskönigs ist entstanden durch Bosheit, Eifersucht und Missgunst. Er gönnt uns unser Glück nicht, will die Prinzessin allein für sich haben, denn sie hatte die Gabe, arglose Seeleute ins Verderben zu locken. Unsere Liebe hat diese Gabe besiegt, das will er nicht hinnehmen und verfolgt uns und unser Geschlecht mit seinem eifersüchtigen Groll. Sein Zorn wird erst besänftigt werden, wenn sich eine Tochter aus freiem Willen in seine Hände, sein Reich begibt. Erst dann werden wir Frieden finden und alle Nachkommen aus unserer Verbindung."

Langsam ließ die alte Frau das Papier sinken. „Aus freiem Willen, Frieden finden ... was habe ich schon zu verlieren ...", murmelte sie wie in Trance.

Es war so leicht gewesen. Sie wartete einfach, bis ihre Enkelin eingeschlafen war. Dann stahl sie sich aus dem Haus, fuhr mit dem kleinen Segelboot hinaus. Es musste Jahre her sein, dass sie sich aufs Meer gewagt hatte. Die Angst war nach dem Tod ihrer Tochter übermächtig geworden, hatte sie bei dem bloßen Gedanken erstarren lassen. Trotzdem hatte sie immer darauf bestanden, das Boot in Schuss zu halten. Seltsam, heute Abend fühlte sie sich frei und leicht, vergessen waren alle Ängste. Der Wind strich ihr durch die Haare, löste den strengen Knoten, liebkoste sie sacht. So war sie auf das offene Meer hinausgefahren, hatte die Zeit vergessen, konnte die Küstenlinie kaum noch erkennen. Zögernd stand sie auf, es wurde Zeit.

Das kühle, samtene Wasser streichelte sie sanft, fast fühlte sie sich wieder jung. „Da bist du, Prinzessin", raunte es. „Ich habe auf dich gewartet." Sie schloss die Augen, spürte eine sachte Berührung. „Komm mit mir", ein Flüstern nur, „du gehörst in unsere Welt." Sie zögerte, spürte wieder die sanfte Berührung des Wassers. „Komm mit mir, Prinzessin, aus freiem Willen", wisperte es. Sie ließ sich fallen, merkte nicht, wie sie versank.

Wieder stand Patricia auf den Klippen. Heute strich der Wind sanft über ihre Haut, spielte mit ihrem Haar. Sie hatte, als ihre Großmutter so plötzlich verschwand, eine harte Zeit durchgemacht. Die alte Frau war mitten in der Nacht verschwunden. Patricia hatte ihr Fehlen erst am nächsten Morgen bemerkt und sofort die nötigen Maßnahmen eingeleitet. Doch so sehr auch gesucht worden war, ihre Großmutter blieb vermisst. Gleichzeitig stahl jemand das alte Segelboot, doch dieser Verlust war zu verschmerzen. Schließlich war die Suche eingestellt worden, die alte Frau sei sicher verwirrt gewesen und von den Klippen ins Meer gestürzt, hieß es. Die Strömung in dieser Gegend trieb in Richtung des offenen Meeres. Ein bedauerlicher Unfall eben, da sei nichts zu machen.

Patricias Blick wanderte zum Horizont, wo sie glaubte, die Konturen eines großen Segelschiffes ausmachen zu können. Grüßend hob sie den Arm, ließ ihn einen Augenblick später wieder sinken. Das Schiff war verschwunden. Sie schüttelte unwillig den Kopf, wahrscheinlich spielte ihre Fantasie ihr wieder einen Streich, so wie damals, als eine unwiderstehliche Macht sie bei Wind und Wetter auf die Klippen gezogen hatte.

Seltsam, heute konnte sie sich selbst nicht mehr verstehen.

Der verfluchte Garten

Es war einmal eine kleine Prinzessin, die hieß Celia. Sie lebte mit ihren Eltern in einem großen Schloss, das umgeben war von einem riesigen Park. Celia hatte keine Geschwister, was sie sehr bedauerte, denn sie war oft allein. Ihr

Vater, der König, unternahm viele Reisen durch sein Reich, wobei die Königin ihn meistens begleitete. Das Königspaar war bei solchen Gelegenheiten stets darauf bedacht, seinen Reichtum zu präsentieren. So ritt man mit großem Gefolge, begleitet von einem langen Wagentross, in dem prächtige Gewänder, goldene Becher und Teller, sowie des Königs silbernes Besteck mitgeführt wurden. Weil dieses Gut so unglaublich kostbar war, befahl der König, dass ihn zum Schutz alle Soldaten und fast die gesamte Dienerschaft begleiteten.

Die Prinzessin blieb traurig im Schloss zurück und nur ihre Hofdame leistet ihr Gesellschaft. Wie gerne hätte sie ihre Eltern begleitet, doch das verbot ihr der König. „In unserem Schloss bist du vor jeder Gefahr gefeit", sagte er, wenn Celia all zu sehr bat und bettelte.

Besonders gern streifte Celia durch den Schlosspark. Bei einem dieser Streifzüge entdeckte sie einen verwilderten Garten, der versteckt hinter einer trutzigen Mauer lag, die ihn fast ganz umschloss. Einzig ein enger Zugang führte hinein. Zwar hatte der königliche Gärtner hier seit Jahren keine Hand mehr angelegt, doch gab es eine Blumenpracht, wie sie die Prinzessin noch nie gesehen hatte. Unzählige Schmetterlinge flatterten von Blüte zu Blüte schmückten den Garten mit ihren bunten Farben. Knorrige alte Bäume waren von Ranken überwuchert, die sich wie prächtige Bänder um die Äste schlangen. Eine sonnenbeschienene Wiese lud zum Verweilen ein. Wann immer sie sich einsam fühlte, besuchte Celia diesen verschwiegenen Ort, setzte sich in das Gras und schaute den Schmetterlingen zu. Alles um sie herum erschien ihr so friedlich und schön, sodass sie sogleich getröstet war.

Eines Tages waren der König und die Königin wieder einmal auf Reisen. Celias Hofdame ‚Frau von Himmelsschlüssel, hatte sich zu einem Mittagsschläfchen in ihre Kemenate begeben und Celia fühlte sich schrecklich allein. So begab sie sich in ihren geheimen Garten. Sie setzte sich wie gewohnt in das hohe Gras und bewunderte einmal mehr die bunte Pracht um sich herum. Es war ein heißer Sommertag, die Luft schwirrte und surrte vor Hitze. Wie von selbst ließ sich die Prinzessin ins duftende Gras zurücksinken. Bald war sie eingeschlafen. Sie träumte, dass sie den düsteren Flur der Ahnengalerie im Schloss entlang schritt, vorbei an der langen Reihe der Porträts ihrer Ahnen. Vor dem Bild des schwarzen Fürsten blieb sie wie angewurzelt stehen. Er schien ihr direkt in die Augen zu schauen, so, als wolle er ihr etwas mitteilen. „Meide die Gefahr in den dunklen Katakomben", schien eine tiefe Stimme ihr zuzuflüstern. Gleichzeitig fröstelte es sie, denn ein schwarzer Schatten legte sich über sie.
Mit einem Ruck setzte Celia sich auf, sie war auf einen Schlag hellwach und ihr war kalt,

wie in ihrem Traum. Eine dunkle Wolke hatte sich vor die Sonne geschoben. Sie ließ den geheimen Garten düster und bedrohlich erscheinen. Dieser Ort der Ruhe und der Geborgenheit flößte ihr plötzlich ein unheimliches Gefühl ein. Mit einem Mal kam ein heftiger Wind auf, der die Bäume und Büsche durchschüttelte. Gleichzeitig fielen dicke Regentropfen vom Himmel. Erschrocken schaute sich Celia nach einem Unterschlupf um, denn selbst die gutmütige Frau von Himmelsschlüssel würde furchtbar wütend werden, wenn sie es wagte pitschnass und mit einem ruinierten Kleid im Schloss zu erscheinen. Also lief Celia zur mächtigen Gartenmauer, denn die schien ihr Schutz zu bieten. Doch wie staunte die Prinzessin, als sie, versteckt unter rankendem Efeu, eine alte Tür entdeckte. Von Neugier gepackt rüttelte sie an der Klinke, doch die Tür war und blieb verschlossen. Nun, für heute hatte die Prinzessin genug erlebt und da es aufgehört hatte zu regnen, eilte sie so schnell sie konnte zurück zum Schloss.

Hier wurde sie schon sehnsüchtig erwartet. Der König und die Königin waren unerwartet von ihrer Reise zurückgekehrt und hatten Celias Cousine, Prinzessin Leonie, mitgebracht. Leonie, die genau so alt war wie Celia, sollte hinfort im königlichen Schloss leben. Eine weise Frau hatte prophezeit, dass eine böse Macht danach trachtete, der Prinzessin ein Leid anzutun, deshalb hatten die Eltern beschlossen, ihre Tochter in die Obhut des Königspaares zu geben.

„Bei uns bist du sicher, Kind. Keine Macht der Welt kann dir etwas antun", lächelte der König wohlwollend, doch seine Gemahlin blickte ernst. „Mein Gemahl", sagte sie in nachdenklichem Ton, „bedenkt, dass die Prophezeiung von der Gefahr für eine Prinzessin spricht. Vielleicht ist Leonie gar nicht gemeint. Schließlich lebt hier noch eine Prinzessin, unsere Tochter. Ihr wisst um die Gefahr die von dem geheimen..." Der König unterbrach seine Gemahlin harsch. „Schweigt!", donnerte er. „Egal welche Prinzessin gemeint ist, in unserem Schloss ist jedermann sicher. Von einer Gefahr kann nicht die Rede sein." Er wandte sich an die Cousinen. „Ihr seid entlassen, meine Kinder. Wir sehen uns dann zum Abendmahl." Erschrocken über den lauten Tonfall des Königs verließen die Prinzessinnen den Raum. So kam Celia nicht dazu, nach der Tür im geheimen Garten zu fragen und vergaß ihn nach und nach.

Die Zeit verging, aus den kleinen Prinzessinnen wurden junge Damen. Leonie war niemals nach Hause zurückgekehrt und liebte Celia wie eine Schwester. Wieder planten der König und die Königin eine Reise durch ihr Reich. Dieses Mal wollten sie sich nach einem geeigneten Bewerber für ihre Tochter umsehen, denn es war an der Zeit, die Prinzessin zu vermählen. Auch für Leonie wollte man einen Gemahl suchen. Vor ihrer Abreise rief die Königin die beiden Prinzessinnen in ihre Gemächer. „Ich hätte schon längst mit euch darüber sprechen sollen", begann sie zögernd. „Aber mein Gemahl hat es mir immer verboten, denn er fürchtet die Gefahr nicht so wie ich und wollte euch nicht beunruhigen. Nun, jetzt ist es an der Zeit." Wieder zögerte die Königin, doch dann straffte sie die Schultern und begann zu reden. „Es gibt im Park des Schlosses einen geheimen Ort. Es ist ein Garten, den nicht einmal der Gärtner betritt, denn es ist dort unheimlich und gefährlich. Ich bitte euch niemals auch nur einen Fuß hineinzusetzen. Dieser Ort bringt verderben über unsere Familie."

„Aber Mutter, ich habe den Garten schon vor langer Zeit entdeckt. Er erschien mir gar nicht gefährlich, sondern wunderbar und reizend", erklärte Celia, denn mit einem Mal erinnerte sie sich wieder. „Ich habe dort eine geheime Tür gefunden, aber sie ist fest verschlossen."

Die Königin schüttelte energisch den Kopf. „Ich verbiete dir, diesen Ort jemals wieder zu betreten. Gleich wenn wir von unserer Reise zurück sind, werden wir die Mauer ein für alle Mal schließen, sodass niemand mehr hinein gelangt. Was die Tür anbetrifft, so bin ich froh, dass du sie nicht öffnen kannst. Dahinter lagert ein großer Schatz, aber er ist verdammt, so wie alles dort. Unser Vorfahre, der schwarze Fürst, war zwar ein stolzer Kämpe, doch hat er einstmals ein großes Unrecht begangen."

„Aber Mutter wie ist das möglich?", fragte Celia verblüfft. Über derlei hatten ihre Eltern noch nie gesprochen. Der schwarze Fürst war ihr als ein großer Krieger bekannt, der mutig und abenteuerlustig jeder Herausforderung getrotzt hatte. Die Königin hob die Hand. „Genug geredet. Wenn wir zurück sind, so werde ich mich um den verfluchten Garten kümmern. Einstweilen befehle ich euch, diesen Ort nicht aufzusuchen. Auch werde ich Frau von Himmelsschlüssel anweisen, gut auf euch zu achten. Sie soll euch noch öfter unterrichten, wie sich eine angehende Königin benimmt, denn ihr werdet bald vermählt."

Celia und auch Leonie versprachen der Königin zwar, den Garten zu meiden, doch in Wirklichkeit wuchs ihre Neugierde ins Unermessliche. „Pah, wie eine angehende Königin sich benimmt", prustete Leonie, als die Prinzessinnen allein waren. „Wie langweilig das ist. Übrigens will ich nicht irgendeinen Prinzen heiraten. Ich will mir meinen Gatten selbst aussuchen." Celia nickte. „Ja, das wäre schön." Sie stupste ihre Cousine an. „Was meinst du, wollen wir den geheimen Ort zusammen erkunden. Der Garten ist wirklch schön. Vielleicht können wir sogar die alte Tür öffnen und finden den Schatz." Leonie stupste zurück. „Und wenn wir den Schatz gefunden haben, dann geben wir ihn erst her, wenn wir uns unsere Ehemänner selbst aussuchen dürfen."

An diesem Abend lag Celia noch lange wach. Als sie schließlich einschlummerte, träumte sie von einem grässlichen Monster, das sie durch dunkle Gänge jagte.

Die Gelegenheit für eine Schatzsuche kam bald. Das Schloss lag wie ausgestorben da. Frau von Himmelsschlüssel, inzwischen in die Jahre gekommen, kümmerte sich trotz des gegenteiligen Befehls der Königin wenig um die Prinzessinnen. Heute hatte sie angekündigt, ein ausgedehntes Mittagsschläfchen zu machen. „Ihr stellt ja keinen Unsinn an, schließlich seid ihr junge Damen und wisst euch zu benehmen", stellte sie fest. Auf diese Gelegenheit hatten die Prinzessinnen gewartet und schon bald standen sie vor der alten Tür. Zu ihrem Erstaunen stellten sie fest, dass diese unverschlossen war. „Merkwürdig", flüsterte Celia. „Ich bin mir sicher, dass sie fest zu war. Das ist aber unheimlich."

Sie öffneten mit einiger Mühe die Tür und sahen eine halb verfallene Treppe, die tief in die Erde führte. Vorsichtig tappten die beiden Prinzessinnen in den dunklen Schlund. An seinem Fuß angekommen schauten sie sich um. „Gut, dass ich an eine Laterne gedacht habe", flüsterte Celia. Im flackernden Licht erkannten sie drei in Fels gemauerte Gänge, die in verschiedene Richtungen verliefen.

„Was meinst du? In welcher Richtung liegt wohl die Schatzkammer? Sollen wir hier entlang gehen?" Zögernd bewegte sich Celia in die angegebene Richtung. Ihre Cousine zuckte die Schultern. „Woher soll ich das wissen? Aber wir haben ja genug Zeit um zu suchen. Deine Eltern sind ein paar Wochen unterwegs. Heute gehen wir in diesen Gang und morgen suchen wir im nächsten. Los, wer die Schatzkammer zuerst findet, der darf sich etwas aussuchen." Leonie lief los, Celia folgte ihr. Bald gabelte sich der Weg und die Cousinen beschlossen immer den rechten Gang zu nehmen. So waren sie sicher, sich nicht zu verlaufen. Immer tiefer ging es in das dunkle Labyrinth, immer mühseliger wurde es zu atmen, denn die Luft hing schwer und klamm in den finsteren Gängen. „Uff, das ist schwieriger als ich dachte", stellte Celia nach einiger Zeit fest. „Ich glaube dort hinten biegen wir noch einmal ab und wenn wir immer noch nichts finden, so ist es für heute genug. Morgen ist auch noch ein Tag."

So liefen die Prinzessinnen den Gang ganz hinunter. Doch mussten sie eststellten, dass sich an seinem Ende eine steinerne Mauer befand. Gleichzeitig ertönte ein unheimliches Knurren, das die Prinzessinnen erschauern ließ. Celia blieb abrupt stehen. „Hast du das auch gehört? Ihre Cousine nickte heftig. „Ja," flüsterte sie erschrocken. „Hoffentlich haben wir uns nicht doch verlaufen."

„Lass uns vorsichtig zurückgehen", antwortete Prinzessin Celia. „Vielleicht war es der Wind, der das unheimliche Geräusch hervorgerufen hat."

Leonie schüttelte sich. „Hoffentlich hast du Recht. Ich habe eine solche Angst. Bitte gib mir deine Hand."

Hand in Hand schlichen die Prinzessinnen den Gang wieder hinauf. Ab und zu blieben sie stehen und lauschten, doch es war kein Geräusch mehr zu hören. An der nächsten Weggabelung angekommen atmete Celia auf. „Siehst du, es war wohl doch nur der Wind. Stell dir vor, neulich Nacht habe ich von einem Monster geträumt, so ein Unsinn! Monster gibt es doch gar..."

Plötzlich ging alles ganz schnell. Wieder ertönte das Knurren, doch dieses Mal direkt vor ihnen. Celia rutschte die Laterne aus der Hand. Sie versuchte schnell danach zu greifen und ließ die Hand ihrer Cousine los. Gleichzeitig fühlte sie sich hochgehoben. Ganz kurz erblickte sie im Dunkel ein Paar glühende Augen, moderiger Gestank nahm ihr den Atem, dann warf das Wesen sie über seine Schulter und lief in großen Sätzen ins Innere es Labyrinthes. Ihr wurde übel, alles drehte sich im sie, dann fiel sie in eine tiefe Ohnmacht.

Als die Prinzessin wieder aufwachte, lag sie in einer Höhle. Um sie herum glitzerten tausende von Kristallen und erhellten den Raum. Vorsichtig sah sie sich um und erstarrte. In einer

Ecke der Höhle saß das riesige Monster. Es starrte sie aus rotgeränderten, blutunterlaufenen Augen an. „Aufgewacht?", knurrte es mit einer seltsam knarzenden Stimme. „Endlich bekomme ich einen Spross aus seinem gierigen Geschlecht in die Hände. Darauf habe ich 200 Jahre gewartet", das Ungeheuer fasste sich an den Kopf, wiegte ihn hin und her. „So viele Jahre, in denen ich hier gefangen war, in denen ich niemals den blauen Himmel gesehen habe. In denen ich um Erlösung gefleht habe." Wieder starrte es die Prinzessin an. „Er hätte den Fluch aufheben können, doch er war grausam. Jetzt werde ich mich rächen." Das Monster erhob sich, kam bedrohlich näher. Celia glaubte sich übergeben zu müssen, bittere Galle war in ihr hochgestiegen. Sie schluckte krampfhaft und rückte näher an die kalte Höhlenwand. „Bitte", flüsterte sie. „Du musst mich verwechseln, ich habe niemals etwas Böses getan." Die Tränen schossen ihr in die Augen, doch sie blinzelte sie entschlossen weg. Jetzt stand das Ungeheuer nahe vor ihr. Seine Klauen öffneten und schlossen sich, während es geiferte: „Du magst unschuldig sein, doch dein Vorfahre ist es nicht. Er war einst ein stolzer Recke und ich sein bester Freund. Gemeinsam gewannen wir jeden Kampf. Doch als ich den Schatz fand, da vergaß er unsere Freundschaft. Er verbündete sich mit dunklen Mächten. Als ich ihm den Weg zur Schatzkammer verwehrte, tat er dieses." Das Monster zeigte mit den

Klauen auf seine Brust. „Das hat er aus mir gemacht und bannte mich in das Verlies. In den ersten 100 Jahren meiner Gefangenschaft hoffte ich auf Erlösung. Ich nahm mir vor, meinem Befreier so viel von dem Schatz zu geben, wie er tragen kann. Doch es kam niemand. In den letzten 100 Jahren schwor ich, jeden zu vernichten, der den Weg zu mir findet. Das ausgerechnet du es bist ist köstlich, denn so komme ich zu einer besonderen Rache." Wieder schluckte die Prinzessin krampfhaft. „Bitte", flehte sie erneut. „Ich will alles für deine Befreiung tun. Du musst mir sagen, was ich machen soll." Das Monster lachte dröhnend auf. „Du wirst hier bleiben, wirst meine Gemahlin sein und nie wieder die Sonne sehen, genau wie ich. Das ist meine Rache. Jetzt bin ich müde. Damit du mir nicht wegläufst, werde ich dich binden." Wirklich schlang das Ungeheuer der Prinzessin eine hauchdünne Silberkette um das Handgelenk. „Diese Zauberfessel wird dich bei mir halten. Sie soll hinfort dein Ehering sein", murmelte es, legte sich in eine Ecke der Höhle und war bald eingeschlafen. Die Prinzessin versuchte sich die Kette vom Gelenk zu streifen, doch so sehr sie auch zog und zerrte, die Fessel ließ sich nicht entfernen. So setzte sie sich verzweifelt in die äußerste Ecke und ließ den Tränen freien Lauf. Als sie nicht mehr weinen konnte, kauerte sie sich zusammen. Die Augen fielen ihr zu, doch bevor sie vor Erschöpfung einschlief, kam ihr ein tröstlicher Gedanke. Das Monster hatte Leonie gar nicht erwähnt. Vielleicht war es ihr gelungen zu entkommen.

Leonie hatte mit Schrecken bemerkt, wie ihrer Cousine die Laterne aus der Hand gefallen war. Mit der plötzlichen Dunkelheit kam eine unbekannte Bedrohung auf sie zu. Sie drückte sich eng an die feuchte Mauer des Ganges und lauschte erschrocken. Sie hörte ein unheimliches Keuchen, dann entfernten sich Schritte. „Celia?", fragte sie zaghaft, bekam jedoch keine Antwort. „Die Laterne, sie muss doch irgendwo sein", Leonie tastete den Boden ab. Sie fand tatsächlich die fallen gelassene Laterne und, zu ihrem Glück, auch Celias Beutel, in dem sich die Feuersteine befanden. Sie zündete das Licht an. Wie sie vermutet hatte, fehlte von ihrer Cousine jede Spur. Suchend ging sie den Gang entlang und kam an eine weitere Gabelung. Hier führte der Weg steil bergauf. Leonie folgte ihm. Bald meinte sie, einen Luftzug zu verspüren. Sie hielt die Laterne höher. Das Licht flackerte ganz leicht, also musste sich irgendwo in der Nähe ein Ausgang befinden. Jetzt spürte sie ganz deutlich einen leichten Windzug, dem sie folgte. Schon bald sah sie Sonnenstrahlen durch eine schmale Öffnung in der Wand glitzern. Sie zwängte sich hindurch und fand sich im Schlosspark wieder.

Prinz Cornelius zügelte sein Pferd. Er war gerade auf den Burghof geritten, als ihm diese schmutzige Dienstmagd über den Weg lief. Fast wäre sie ihm unter die Hufe geraten. „Vorsicht, du", rief er von oben herab, was das Mädchen veranlasste abrupt stehen zu bleiben. Es schnappte nach Luft, vermutlich war es zu schnell gelaufen. „Aber, aber", versuchte Cornelius das Mädchen zu beruhigen. „So eilig wird es schon nicht sein. Komm erst einmal wieder zu Atem." Er stieg vom Pferd. Jetzt, auf Augenhöhe, bemerkte er, dass es sich um eine außergewöhnlich schöne Dienstmagd handelte, die zudem zwar in schmutzigen, aber kostbaren Kleidern steckte.

„Celia, wir müssen sie retten", japste das Mädchen. „Sie ist in Gefahr."

Cornelius wurde hellhörig. „Sprichst du von Prinzessin Celia? Ich bin Prinz Cornelius von der Hirschweide. Ich hörte von der großen Schönheit der Prinzessin und davon, dass ihre Eltern einen Gemahl für sie suchen. So habe ich mich, mit dem Segen meines Vaters, aufgemacht, um sie kennen zu lernen. Doch wer bist du? Ihre Zofe? Was ist geschehen? In welcher Gefahr befindet sich die Prinzessin?"

„Halt!" Das schöne Mädchen legte ihm die Hand auf den Arm. „Ich bin Leonie, Celias Cousine. Doch für ein formelles Kennenlernen ist jetzt keine Zeit. Celia ist wirklich in Gefahr. Wir sind..." Leonie erzählte dem Prinzen die ganze Geschichte.

„...und dann bin ich so schnell ich konnte hier her gelaufen, doch jetzt weiß ich nicht weiter. Der König ist auf Reisen und all seine Ritter begleiten ihn. Bitte, du musst mit mir in die Katakomben hinuntersteigen. Ich weiß nicht, was ich sonst machen soll."

Cornelius legte seinen Arm um die Schultern des Mädchens, es war in Tränen ausgebrochen. „Natürlich werde ich helfen, schöne Leonie", murmelte er, während er versuchte Leonies Tränen zu trocknen. Sie straffte sich. „Ich führe dich zu der Öffnung, durch die ich entkommen bin. Von dort aus müssen wir versuchen, Celia zu finden. Ich glaube, sie ist in großer Gefahr." So führte Leonie den Prinzen Cornelius zu der schmalen Öffnung und bald standen beide in dem dunklen Labyrinth.

Celia war aus ihrem unruhigen Schlaf aufgeschreckt. Sie fand sich allein. „Vielleicht ist das Monster auf der Jagd", dachte die Prinzessin. Sie schüttelte sich, denn was es hier zu jagen gab, das wollte sie sich gar nicht vorstellen. Plötzlich hörte sie Geräusche am Höhleneingang. Sie hielt den Atem an, doch es war nicht das Monster, welches die Höhle betrat, sondern ein junger Mann, dem ihre Cousine folgte. „Celia", jubelte Leonie. „Dass wir dich hier wohlbehalten finden!" Die Prinzessin fuhr erschrocken zusammen. „Sei nicht so laut, irgendwo lauert ein finsteres Ungeheuer. Es hat mich hier angekettet", sie hob ihren Arm und die Silberkette glitzerte kalt.

„Das ist ja schrecklich, was machen wir jetzt", wandte sich Leonie an den Prinzen. Der versuchte, die Kette von Celias Handgelenk zu streifen, doch sie ließ sich nicht abschütteln. Schließlich gab Cornelius auf. „So geht das nicht, die Kette sitzt fest. Wahrscheinlich ist sie mit einem Zauber belegt und nur derjenige kann sie entfernen, der sie auch befestigt hat. Wir müssen auf das Monster warten. Wenn es auftaucht, so musst du es irgendwie dazu bringen, dir die Kette abzumachen."

Celia nickte. „Ja, das ist die einzige Möglichkeit um zu entkommen."

„Wir werden in der Nähe sein, vielleicht kann ich das Ungeheuer überwältigen", erklärte der Prinz.

So versteckten sich Cornelius und Leonie in einer dunklen Ecke der Höhle. Bald hörten sie ein mächtiges Stampfen, das Monster betrat die Höhle. „Prinzessin, liebste Gemahlin", knurrte es und verbeugte sich. „Haben euer Liebden wohl geschlafen?" Dabei verzog es das Gesicht zu einem schaurigen Grinsen.

Celia rang kläglich die Hände. „Ich habe kaum geschlafen, denn die Kette scheuert an meinem Gelenk und schmerzt unerträglich. Bitte, kannst du sie mir nicht abmachen? Wenigstens so lange du hier bist, denn dann kann ich doch sowieso nicht entkommen." Das Monster schaute sie nachdenklich an.

„Bitte", die Prinzessin fiel auf die Knie. „Mein ganzer Arm tut weh!"

Schließlich schlurfte das Monster auf sie zu, bückte sich und löste die Fessel. Celia rieb sich das Handgelenk. „Danke", murmelte sie. „Aber sag, kann denn der Bann, der auf dir liegt, nicht gebrochen werden?"

Das Monster grunzte unwillig. „Es gibt eine Möglichkeit, doch ist sie undurchführbar und jetzt lass mich in Ruhe, ich bin müde von der Jagd." Mit diesen Worten legte es sich im Eingang der Höhle nieder und war bald eingeschlafen.

Vorsichtig schlichen sich Cornelius und Leonie zur Prinzessin. Cornelius zog sein Schwert. „Ich werde dieses Ding jetzt töten", flüsterte er, doch Celia hielt ihn zurück. „Bitte nicht. Mein Vorfahre hat ihn mit einem Bann belegt, ihm ist genug Unrecht geschehen. Ich will sein Blut nicht an meinen Händen kleben haben."

Leonie hatte sich näher zum Eingang der Höhle geschlichen. Sie hielt die Silberkette in den Händen. Vorsichtig, legte sie die Kette um den Fuß des Monsters. Sie schloss sich wie von selbst um das Gelenk. „Kommt schon, es hat nichts gemerkt", wisperte sie. So schlichen sich der Prinz und die Prinzessinnen an dem schlafenden Ungeheuer vorbei. Gerade als sie die Katakomben verlassen wollten, ertönte das schaurige Gebrüll des Monsters. Celia blieb stehen. „Das kann ich nicht. Es wird elendiglich sterben, wenn wir es angekettet lassen."

„Aber wenn du zurück gehst, dann tötet es dich", sagte Leonie erschrocken und fasste Cornelius bei der Hand, der bekräftigend nickte. „Du bist dem Wesen gerade erst entkommen. Ich werde nicht zulassen, dass du dich erneut in Gefahr begibst", er streife Leonie mit einem zärtlichen Blick, „und deine Cousine noch dazu. Komm jetzt sofort mit." Der Prinz griff nach Celias Arm, doch sie entwand sich ihm. „Ich kann nicht anders. Ich muss ihm helfen", rief sie und eilte zurück.

In der Höhle angekommen sah sie, dass das Monster sich in einer Ecke zusammengekauert hatte. „Du willst mich also sterben sehen", knurrte es. „Nein!" Entschlossen rüttelte die Prinzessin an der Kette. „Ich will nicht, dass du stirbst, ich will dich befreien. Ich kann es nicht ertragen, was mein Vorfahre dir angetan hat. Ich verfluche ihn dafür! Und wenn ich hier auf ewig mit dir leben muss, um das Unglück, welches dir angetan wurde gut zu machen, so soll das eben so sein."

Plötzlich zerbrach die Kette in tausend Stücke, die Höhle erstrahlte in gleißendem Licht. Celia schloss geblendet die Augen. Als sie sie wieder öffnete, stand ein Ritter vor ihr. Er steckte ihr die Hände entgegen und sank auf die Knie. „So hast du also den Bann gebrochen", sagte er. „Nur wenn eine Jungfrau mit reinem Herzen aus der Blutlinie des schwarzen Fürsten sich zu mir bekennt, kann der Fluch von mir genommen werden."

„Was...wer seid ihr, edler Herr?" Leonie und Cornelius waren Celia nachgeeilt und standen nun staunend im Höhleneingang.

„Ich bin Ritter Timo von der Kaiserwürde und wenn ich es darf, so will ich diese edle Jungfrau freien", flüsterte der fremde Ritter und küsste der errötenden Celia die Hände.

Der Herold machten den Fanfarenträgern ein Zeichen. Nachdem die letzten Töne verklungen waren trat er vor:

„So verkünde ich heute eine Doppelhochzeit. Unsere Prinzessin Celia ehelicht den Hochwohlgeborenen Timo von der Kaiserwürde und die Prinzessin Leonie gibt dem Prinzen Cornelius von der Hirschweide das Jawort."

Seelenschwestern

Gemeinsam, lautlos, verwegen, vom Wind getragen, vom Geheul der Wölfe begleitet gleiten sie durch die mondlose Nacht. Doch noch schwärzer als die Dunkelheit ist ihr magisches Ziel. Die Burg des finsteren Dämonen ist es, in die sie sich einschleichen wollen.

Der silberne Herrscher, er war fort. Solange schon. Geschlagen von der dämonischen Macht der Dunkelheit. Triumphierend hatte der finstere Dämon vor ihm gestanden, umgeben von seinen missgestalteten Schergen. „Dein Reich wird ewig mir gehören!" Der Dämon reckte sein Schwert, geschmiedet aus Lüge, Gewalt und Unbarmherzigkeit in die Höhe. Der silberne Herrscher blickte ihm furchtlos in die Augen. „So sei es, du hast mich mit deiner Tücke besiegt, doch es bleibt ein Hoffnungsschimmer. Deine Macht wird nicht ewig währen. Es gibt die Prophezeiung." Der Dämon brach in dröhnendes Gelächter aus. „Mein ist der Sieg. Du bist verbannt aus dem Reich, das jetzt mir gehört. Von nun an soll ewige Finsternis herrschen. Jedes Wesen des Lichtes wird untergehen, dessen sei gewiss. Du kannst niemanden mehr schützen. Glaube du nur die Prophezeiung, sie wird sich niemals bewahrheiten. Verzweifle an deiner Hoffnung. Es wird nicht geschehen, dass der Zauber mich besiegt, den Wesen der Nacht nicht beherrschen können." Schweigend wandte sich der silberne Herrscher ab, begab sich in die Verbannung, ließ das Amulett der Macht zurück. Hatte es schon vor langer Zeit dem Eulenvolk anvertraut. Mit ihm schwanden die unbekümmerten Tage, die leuchtend und glücklich waren. Die Sonne versank, machte der ewigen Dunkelheit Platz. Ihr folgten Sturm und Donnergrollen, doch nicht ein einziger Blitz erhellte das Dunkel.

Jahrhunderte vergingen, dann geschah das Wunder. Zwei Eier im Nest, makellos, schneeweiß. Sollte sich die Prophezeiung nach so langer Zeit erfüllen? Es hieß, dass zwei Schwestern kommen würden, welche die Macht des finsteren Dämons brechen würden. Zwei Schwestern weiß, makellos und stark, seelenverwandt und rein mussten sie sein. Sorgsam behütete das Volk der Eulen das Muttertier. Als die Küken schließlich schlüpften, waren es Weibchen. Stark mussten die Schwestern nun werden. Kräftig genug, um das Amulett der Macht zu tragen. Das Amulett, in dem ein Sonnenstrahl verborgen war. Das Eulenvolk wachte über sie, schützte sie, bis sie Macht und Stärke erlangt hatten. Bis die Eine die Seele der Anderen als die eigene erkannte. Bis die Schwestern zu einer Einheit verschmolzen, sich Verantwortung und Verwegenheit die Waage hielten.

Gemeinsam, lautlos, verwegen, vom Wind getragen, vom Geheul der Wölfe begleitet gleiten sie durch die mondlose Nacht. Doch noch schwärzer als die Dunkelheit ist ihr magisches Ziel. Die Burg des finsteren Dämonen ist es, in die sie sich einschleichen wollen. Lange haben sie auf diesen Moment gewartet. Sich gemessen mit dem Alten und Weisen. Nun sind sie bereit. Synchron ist ihr Flügelschlag, blind das Verstehen. In ihren Krallen tragen sie das Amulett der Macht. Lautlos kommen sie durch das Fenster.

„Bereit, Schwester", ein Raunen.

„Du weißt es", die Antwort zart wie ein Lufthauch.

Der finstere Dämon erwacht, fährt hoch. Es ist zu spät, der Sonnenstrahl trifft sein Auge, verbrennt es. Er schreit vor Schmerz und auch vor Zorn über seine Niederlage. Die ewige Nacht neigt sich dem Ende zu. Und mit dem ersten Sonnenstrahl kommt der silberne Herrscher zurück.

Wolfsbruder

Ich grüße Euch, ihr Menschen, die ihr meine Geschichte hören wollt. Ich erzähle sie euch gern und versichere, dass sie sich genauso zugetragen hat. Sie mag euch abenteuerlich erscheinen und fremd, doch so war mein Leben als ich jung und ungestüm war. Jetzt, im Alter ist Ruhe eingekehrt. Ich sitze am Feuer, wärme meine schmerzenden Knochen und denke an diese Zeiten zurück. Manchmal beschleicht mich der Zweifel. Hätte ich lieber beim Volk der Wölfe bleiben sollen? Es war ein freies, ungebundenes Leben, eingebettet in die Hierarchie des Rudels. Doch so sehr ich es mir wünschte, es war nicht mein Stamm, die Wolfsbrüder waren nicht von meinem Blut. Auch dem Menschengeschlecht gehöre ich nicht wirklich an. So war ich immer ein Fremder unter Freunden, werde es bis zu meinem Tod bleiben.

Meine leibliche Mutter kenne ich nicht, doch habe ich sie nie vermisst. Eine Wölfin zog mich auf, zusammen mit ihren Jungen. Sie gab mir alles was ich brauchte, Sicherheit, Schutz, auch Liebe. Meine Brüder akzeptierten mich, obwohl ich so anders war. Ein unbehaartes, schutzloses Junges, das schon beim Balgen verletzt werden konnte. Das schneller blutete als sie, selbst noch leichten Bissen, wie sie in einem Kampf unter Geschwistern vorkommen. Doch das war nur in der ersten Zeit so. Ich lernte behände zu sein, merkte, dass auch ich Stärken hatte. Ich konnte einen Knüppel in meine Vorderpfoten nehmen, ihn gegen meine Gegner einsetzen und im Gegensatz zu den Brüdern konnte ich einen Baum erklimmen, hoch hinauf klettern, wo mich kein Wolf erreichen würde. Auch begriff ich schnell, was die oberste Regel eines jeden Rudels ist: Gemeinsam sind wir unbesiegbar. Wenn wir agieren wie ein einziges Wesen, so entkommt uns niemand.

So verlebte ich eine unbekümmerte Kindheit und Jugend. Lief mit dem Rudel, lernte dem Rudelführer unbedingt zu gehorchen. Also ich älter wurde, nahm ich an der Jagd teil, bekam meinen gerechten Anteil an der Beute. Es hätte ein unbeschwertes Leben sein können, doch änderte es sich auf einen Schlag. Taran, der Führer, der mich als Jäger eingeführt und als vollwertiges Mitglied in das Rudel aufgenommen hatte, wurde alt und müde. Noch saß er auf dem Felsen, wie es dem Rudelführer gebührte, doch war seine Zeit so gut wie abgelaufen. Die jungen Wölfe spürten dies, wurden respektloser. Bisher hatte ihn noch keiner der Machthungrigen zum Kampf herausgefordert, doch war dies nur eine Frage der Zeit. Besonders Ajit tat sich hervor, denn er tötete furchtloser und unbarmherziger als jeder andere, war im Rudel gefürchtet wegen seiner Unbeherrschtheit und seiner riesigen Gestalt.

Eines Nachts, nach der Jagd, rief mich Taran zu sich auf den Wolfsfelsen. Der volle Mond tauchte den Felsen in silbriges Licht, ließ uns unruhig und ruhelos sein. „Kleiner Wolfsbruder", begann er zögerlich. „Ich habe dich gerufen, weil ich dir einen guten Rat geben will. Meine Kraft schwindet, meine Tage sind gezählt. Noch herrsche ich über das Volk der Wölfe, doch ich spüre, dass die Jungen und Kraftvollen, allen voran Ajit mich beobachten, auf einen günstigen Augenblick waren, um mich zu töten, denn das werden sie zweifellos, wenn ich eine Schwäche zeige. Das ist der Preis, den ich für meine Herrschaft zahlen muss." Er seufzte schwer, legte den Kopf auf die Pfoten, schloss für einen Moment die Augen.

„Was kann ich tun?", fragte ich, denn ich dachte, dass Taran mich gerufen hatte, damit ich ihm helfe.

Er hob den Kopf, nahm wieder seine gewohnt stolze Haltung ein. „Du kannst nichts tun. Die

Starken töten die Schwachen, so war es immer, so muss es sein. Auch ich tötete einst den Führer des Rudels und trank von seinem Blut. Wenn meine Zeit gekommen ist, so bin ich bereit. Aber ich will dich warnen. Noch stehst du unter meinem Schutz. Bald wird das nicht mehr so sein. Du bist als Menschenjunges zu uns gekommen und wenn du auch wölfische Gewohnheiten und Eigenheiten, ja selbst unseren Geruch angenommen hast, so bleibst du doch ein Mensch. Ajit ist der Stärkste im Rudel. Er wird bald an meiner Stelle auf diesem Felsen sitzen. Er hasst alles, was menschlichen Geschlechts ist, denn er ist als junger Wolf von den Menschen gefangen, eingesperrt und gequält worden. Wenn du genau hinsiehst, dann erkennst du die Narben, die er davongetragen hat. Es ist ihm mit List gelungen zu entkommen. Er hat geschworen bittere Rache an allen deiner Art zu nehmen. Bisher hat er sich von dir fern gehalten, aber bald wird es niemanden geben, der dich vor seiner Rachsucht schützen könnte. Ich fürchte, nicht einmal du selbst bist dazu in der Lage. Er wird das Rudel auf dich hetzen, dich jagen und nicht ruhen, bis er dich erlegt hat."

Ich schüttelte ungläubig den Kopf. „Meine Brüder werden mir helfen. Sie würden mich niemals verraten."

„Das mag wohl sein, doch sind deine Brüder wenige und das Rudel viele. Höre auf meinen Rat, geh zurück zu den Deinen, so lange du es kannst." Taran legte wieder den Kopf auf die Vorderpfoten. „Jetzt geh und bedenke meine Worte wohl, Menschenkind."

Ich wandte mich ab, kletterte den Felsen herab. In meinem Kopf schwirrte es. Es stimmte, dass Ajit sich mir gegenüber aggressiv verhielt, mich häufig starr fixierte. Oft hatte ich den Eindruck, dass er sich mühsam zurückhielt, sich am Liebsten auf mich stürzen würde. Doch hatte ich niemals darüber nachgedacht, woran dieses Verhalten liegen könnte. Vielmehr hatte ich versucht, ihm möglichst aus dem Weg zu gehen. Jetzt verstand ich zum ersten Mal.

In dieser Nacht und am nächsten Tag schlief ich nicht. Tarans Worte hielten mich davon ab. Gern hätte ich mit meinen Brüdern gesprochen, doch hätte ich dann von Tarans Zweifeln und seiner schwindenden Stärke reden müssen. Das wäre mir wie ein Verrat vorgekommen.

Der Mond verschwand vom Himmel, wurde wieder voll, ohne dass ich zu einem Ergebnis meiner Überlegung gekommen wäre. Das Rudel war meine Heimat, die Brüder die einzige Familie, die ich kannte. Der Dschungel war mir vertraut. Das alles sollte ich verlassen, um mich dem Menschengeschlecht anzuschließen? Den Wesen, die Ajit gequält hatten, ihn zu dem gemacht hatten, was er war? Was, wenn sie auch mich einsperren würden? Wenn sie mir die gleichen Narben zufügen würden, die Ajit sie trug? Doch sollte er der neue Rudelführer werden, waren meine Tage gezählt. Diese Ahnung ließ mich schaudern. Selbst wenn mir meine Brüder beistanden, würde das nichts ändern. So quälte ich mich weiter mit Zweifeln, wusste nicht, was ich machen sollte.

Als Ajit die Herrschaft über das Rudel forderte, beleuchteten nur ein paar blasse Sterne die finstere Nacht, die sich wie ein Leichentuch über den Dschungel breitete. Taran stellte sich dem Kampf, wohl wissend, dass es sein letzter sein würde. Er schenkte seinem Gegner nichts, warf die geballte Kraft seiner Erfahrung in die Waagschale, doch zuletzt unterlag er. Ajit trank sein Blut, war nun der Herrscher über das Rudel, das sich um ihn scharrte, begierig dem neuen Führer zu huldigen.

„Wahrlich, die Nacht ist wie zum Sterben gemacht", knurrte er, als ich zögernd vortrat, um ihm meine Gefolgschaft zu schwören. „Was willst du, Mensch? Einer wie du soll mir nicht die Treue schwören, denn dein Geschlecht ist niederträchtig und falsch. Ihr tötet um des Mordens willen, ihr weidet euch an den Qualen anderer Geschöpfe."

Ich senkte demütig den Kopf. „Ich werde Wolfsbruder genannt und das bin ich auch. Als Mitglied des Rudels, eingeführt und akzeptiert von Taran, der in einem ehrenhaften Kampf gestorben ist."

„Aber er ist tot, ich herrsche nun und sage: Tötet das Menschengezücht, bevor es euch tötet", knurrte Ajit, wobei ein langsam auf mich zukam. Noch verhielt sich das Rudel ruhig. Aus den Augenwinkeln sah ich, wie meine Brüder sich neben mir aufstellten. „Flieh so lange du es kannst. Wir versuchen ihn aufzuhalten."

Langsam bewegte ich mich rückwärts, wobei ich Ajit fest im Auge behielt, denn ich wagte es nicht, ihm den ungeschützten Rücken zuzuwenden. Dann geschah alles so schnell, wie der Blitz in einen Baum einschlägt. Meine Brüder rückten eng zusammen, stellten sich dem Rudelführer in den Weg, was mir die Gelegenheit gab, mich umzudrehen und zu rennen, so schnell ich konnte. Obwohl ich hinter mir Kampfgeräusche hörte, drehte ich mich nicht um. Ich lief um mein Leben, machte erst halt, als meine Lungen brannten, ich vor Erschöpfung nicht mehr weiter konnte. Mit letzter Kraft kletterte ich auf einen Baum. Ein breiter Ast gewährte mir genügend Sicherheit, sodass ich beschloss auszuruhen.

Ich musste eingeschlafen sein, denn es war bereits heller Tag, als ich wieder zu mir kam. Obwohl Hunger und vor allem Durst mich quälten lief ich weiter. Gegen Mittag konnte ich meinen Durst an einem Fluss löschen. Gegen den Hunger pflückte ich Beeren, grub Wurzeln aus. Zum Jagen würde ich mir Zeit nehmen, wenn ich in Sicherheit war. Weiter,

weiter, nur weg aus dem Jagrevier des Rudels, dem ich nun nicht mehr angehört. Ich war ein Ausgestoßener, heimatlos und zum ersten Mal ohne meine Brüder. Schließlich war es tiefe Nacht, unendliche Müdigkeit überfiel mich. Wieder erklomm ich einen Baum und suchte Schutz in seinem Geäst.

Stimmen holten mich in der Morgendämmerung aus einem tiefen, traumlosen Schlaf. Unter mir schlichen Menschen, die lange, spitze Stöcke in der Hand hielten. Scheinbar waren sie auf der Jagd. Also bestand auch das Menschengeschlecht aus Rudeln, die gemeinsam jagten. Das interessierte mich sehr. Vielleicht war dies eine Möglichkeit, eine neue Heimat zu finden. So folgte ich verstohlen. Bald schon merkte ich, dass diese Jäger das Wild weitaus weniger gut aufspürten, wie der ungeschickteste Jungwolf, ich beschloss, ihnen das Wild zuzutreiben. Nicht zuletzt, weil ich die Menschen von meinen Fähigkeiten überzeugen wollte, denn dann würden sie mich vielleicht in ihr Rudel aufnehmen. Bald hatte ich die geeignet Beute entdeckt, eine Gruppe Hirsche, die ich den Jägern zutrieb, wie ich es gelernt hatte. Obwohl sie irritiert waren, reagierten sie sofort, erlegten mithilfe ihrer spitzen Stöcke so viel Wild, wie sie tragen konnten.
Vorsichtig gesellte ich mich zu ihnen, immer bereit bei Gefahr schnell zu verschwinden. Einige der Jäger waren misstrauisch. Ich glau-

be, sie hätten mich am Liebsten getötet oder wenigstens weggejagt. Doch ihr Führer, Sher, sprach für mich. Er erkannte, dass ich im Dschungel aufgewachsen und ein guter Jäger war und dass sie die reiche Beute mir zu verdanken hatten. Nach langem hin und her nahmen mich die Männer mit in ihr Dorf. Sher erlaubte mir in seiner Hütte zu wohnen, wo er mit Frau und Tochter lebte. Er nahm sich meiner an, nannte mich Wolfsmann, was mir gefiel. Nach und nach lernte ich die Sitten und Gebräuche der Gemeinschaft, erkannte, dass Sher der Anführer in allen Dingen war. Wenn ich auch mit vielem nicht gut zurechtkam, immer wieder den Unwillen einiger Dorfbewohner erregte, so war ich doch der beste Jäger, sorgte dafür, dass es immer Fleisch zu essen gab, was der Gemeinschaft zugute kam. Nachdem ich ein Jahr in Shers Familie gelebt hatte, wurde ich offiziell in die Dorfgemeinschaft aufgenommen. Er gab mir seine Tochter zur Frau, denn sie und ich hatten uns erkannt. Ein Jahr später schenkte sie mir einen Sohn. Ich hatte mich in das Menschenrudel eingefügt, so gut ich es konnte, fühlte mich dazugehörig und doch fremd.

Eines Nachts ließ mich der volle Mond nicht schlafen. Lautlos erhob ich mich von meinem Lager, schlich mich aus dem Dorf, um durch den Dschungel zu streifen, wie ich es immer in tat, wenn ich ruhelos war. Ich witterte sie bereits, ehe ich sie sah, denn sie verbargen sich nicht mir.

„Wolfsbruder", begrüßten sie mich. Drei meiner Brüder standen vor mir, es fehlte Raj, der einmal der Stärkste des Wurfes gewesen war. Sie erzählten mir, dass Raj sein Leben für mich geopfert hatte, denn er war es gewesen, der sich Ajit entgegengestellt hatte. Obwohl er ein großer, kraftvoller Wolf gewesen war, besiegte der neue Rudelführer ihn mühelos. Doch hielt er ihn so lange auf, bis ich mich weit genug entfernt hatte. Auch setzte Ajit mir nicht nach, zunächst musste er die aufgebrachten Wölfe zur Ruhe bringen, ihnen klar machen, dass er der uneingeschränkte Herrscher war. Doch schwor er, nicht zu ruhen, bis er mich getötet hätte. „Jetzt hat er dich gefunden, Wolfsbruder. Und er will nicht nur dich, sondern auch dein Junges morden. Er ist blind vor Hass, weil du ihm entkommen bist. Er will es ganz allein tun, dich in deiner Behausung töten, beim nächsten vollen Mond. Schon jetzt rühmt er sich damit, einen Menschen und seine Brut auszurotten."

Voller Kummer über Rajs Tod setzte ich mich zu meinen Brüdern. Doch auch Hass auf den unerbittlichen Ajid zerriss meine Brust und Angst um meinen kleinen Sohn. Es war mir unbarmherzig klar, dass ich Ajid töten musste. Schon reifte ein Plan in mir, mit dem ich meine Brüder vertraut machte. „Es ist machbar, wenn wir genau zusammenarbeiten und wenn ihr mir vertraut. Ich muss mit dem Rudelführer der Menschen reden. Wir treffen uns morgen an dieser Stelle wieder."

„So soll es sein." Lautlos, wie sie gekommen waren, verschwanden die Brüder.

Endlich war der Tag da, den ich gefürchtet und erwartet hatte. Der Mond stand hell am Firmament, beleuchtete mit seinem kalten Silberlicht die Szenerie. Ein riesiger Schatten bewegte sich plötzlich lautlos zwischen den Behausungen, zögerte, nahm Witterung auf. Ehe Ajit einen Entschluss fassen konnte, sprang ich aus meinem Versteck, stand ungeschützt mitten auf dem breiten Pfand, an dem sich rechts und links die Hütten des Dorfes dicht an dich aufreihten. „Ajit, ich fordere dich heraus", knurrte ich laut. „Komm her, du feiger Mörder, wenn du dich traust. Ich will dich lehren, dich mit meinem Tod zu brüsten."

Mit einem Satz stand mir der riesige Leitwolf gegenüber. „Erst werde ich dein Blut trinken und dann das deines Jungen, Menschlein."

Ihn nicht aus den Augen lassend, bewegte ich mich langsam rückwärts, in die Richtung, in der der Pfad von einem hohen Pferch begrenzt war, der für die Gayale gebaut worden war. Die Herde lebte im Dschungel, wurde nur gelegentlich ins Dorf getrieben, wenn die Fleischvorräte zur Neige gingen und die Jagd über eine längere Zeit unergiebig war. Schweiß rann mir den Rücken hinunter, Zweifel beschlichen mich, ob mein Plan gelingen würde, ob ich mich in Sicherheit bringen könnte, wenn das Inferno losbrach. Ajit folgte mir Schritt für Schritt, weidete sich an meiner Angst. Blutgier ließ ihn wohlig erschauern, sodass er das entfernte Beben nicht zur Kenntnis nahm. Die Zeit dehnte sich, wurde endlos. Mit einem Mal ging das Beben in ein Toben und Brüllen über. Schon wälzte sich die Herde der Gayale den Pfad hinunter, in wilder Panik alles niedertrampelnd, was ihnen in den Weg kam. Meine Brüder trieben sie, versetzten sie in Todesangst. Ich rannte in den Pferch, überkletterte in Windeseile die hohe Rückwand, brachte mich so in Sicherheit. Auch Ajit hetzte vorwärts in die einzig mögliche Richtung, doch gelang es ihm nicht, die Begrenzung des Pferchs zu überspringen. Er prallte vor das harte Holz, wurde unter die Hufe der hereinbrechenden Herde geschleudert.

Viel später, als ich mir Ajits Fell geholt hatte, die Dorfbewohner sich aus ihren Hütten wagten, schlug mir mein Schwiegervater Sher anerkennend auf die Schulter. „Du hast es geschafft", sagte er. „Ich hatte meine Zweifel an deiner Geschichte und vor allem an deinem Plan, doch musste ich vor allem meinen Enkelsohn schützen. Ich hatte keine Wahl, als dir zu vertrauen. Du bist wahrlich der Beherrscher der Wölfe."

„Nein", entgegnete ich ihm, „ich bin Wolfsbruder, nicht ihr Beherrscher. Ohne meine

Brüder wäre ich verloren gewesen und dein Enkel auch. Ich bin nicht von ihrem Blut, doch von ihrer Art. Sie haben mir die Treue gehalten und hätten ihr Leben für mich gegeben." Sher nickte langsam, denn er war einer der wenigen, die verstanden. „So ist es. Du bist von meinem Blut und ein Mitglied meines Stammes, aber du wirst immer ein Wolfsmann bleiben."

Wenig später trieb es mich fort. Auch, weil die Dorfbewohner nicht wie Sher dachten und mich immer mehr mit Misstrauen betrachtete, tuschelten und mir Böses wollten. So ließ ich Frau und Kind zurück, streifte mit meinen Brüdern durch den Dschungel, lebte frei, wie es einem Wolfsbruder gebührt. Doch war ich immer heimatlos und werde es immer sein.

Gayal = im Dschungel beheimatetes Windrind

Fauler Zauber?

„Was meinst du, merken die Eltern wirklich nicht, dass wir gar nicht in unseren Betten liegen?" fragte Jacob seinen älteren Bruder. Der legte ihm begütigend den Arm um die Schulter. „Aber sicher nicht, sie schlafen ja selbst schon tief und fest. Mach dir keine Sorgen."

Die beiden hatten sich heute Abend heimlich davongeschlichen, um den Jahrmarkt zu besuchen, der seit kurzem vor den Toren der Stadt aufgebaut worden war. Es gab dort wundersame Dinge und Menschen zu sehen: Geheimnisvolle Zauberer, Gnome, Buden in denen exotische Speisen verkauft wurden, Jongleure, Zigeunerinnen, die einem das ganze Leben aus der Hand lasen. Aber auch Stände, in denen ortsansässige Handwerken ihre Produkte zeigten. Das alles war toll und aufregend, aber ein ganz besonderes Zelt zog die Brüder besonders an. Es war sehr bunt und noch heller erleuchtet, als die anderen Zelte. Es schien, als würde es irgendwie ganz von selbst leuchten. „Kuriositäten Kabinett des Doktor Malldonardo – Eintritt auf eigene Gefahr" stand in großen Lettern auf einem Schild. Die Brüder hatten das Zelt gesehen und fühlten sich magisch davon angezogen. Doch so sehr sie auch baten und bettelten, die Eltern wollten diese Kuriositätenshow nicht besuchen. „Für so einen Unsinn gutes Geld ausgeben zu wollen, das ist gotteslästerlich. Marsch, nach Hause und kein Wort mehr", hatte der Vater gesagt und den Söhnen den Ochsenziemer über den Rücken gezogen, während die Mutter zustimmend nickte. Die Brüder hatten sich zugezwinkert, sie verstanden sich wortlos.

Jetzt standen sie vor dem Kabinett des Doktor Malldonardo und kramten in ihren Hasentaschen nach dem nötigen Kleingeld, das sie aus

Vaters Geldkatze entliehen hatten. Mit offenen Mündern starrten sie die schöne junge Frau an, die den Eintritt kassierte. Sie war wohl proportioniert, hatte wunderbar dichtes schwarzes Haar - und einen kapitalen Bart.

„Gafft nicht so blöd, geht schon weiter", knurrte sie. Die Jungen betraten das Zelt, das vom Feuerschein einiger Fackeln erleuchtet war. Ein Zwerg mit merkwürdig spitzen Ohren drehte an einem Leierkasten und ließ eine märchenhafte Melodie ertönen. Als das Lied verklungen war, erfüllte ein Brausen die Luft und ein greller Blitz ließ das Publikum zusammenzucken. „Dies ist der große Graf Vlad", ertönte eine dunkle Stimme. Gleichzeitig erschien ein Mann, der in einen schwarzen Umhang gehüllt war. Er sah unnatürlich blass aus, seine schwarzen Augen loderten wild. Auf dem Kopf trug er einen Zylinder, den er langsam abnahm und einen kleinen weißen Hasen daraus hervorzog.

„Was soll das denn? Den Hasen nimmst du wohl als Kopfwärmer, was", ertönte eine Stimme aus dem Publikum. Dieser Zwischenruf ließ die Leute höhnisch auflachen, was den Rufer dazu motivierte, näher zu treten. „Gib mir mal den Zylinderhut, ich zaubere dir auch ein Karnickel oder lieber ein gerupftes Suppenhuhn." Der große Vlad trat einen Schritt vor, griff in den Zylinder und zog ein Schwert heraus, das er auf den Zwischenrufer richtete. Eine dünne Blutspur war an der Kehle des

Frevlers zu sehen. „Zufrieden?", fragte der Zauberer mit einer Stimme, die das Publikum wohlig schaudern ließ und einen Riesenapplaus hervorrief.

Wieder blitzte es. „Meine Damen und Herren, wir präsentieren die Schlangenfrau." Eine Frau, nur mit Tüchern bekleidet, wandte sich aus einer Kiste. Ihre Haut erschien im Dämmerlicht des Zeltes grünlich geschuppt. Die Augen blickten gelb mit schmalen schwarzen Pupillen. Sie ließ ein Zischen vernehmen, züngelte, ließ ihr gespaltenen Zunge sehen. Dann stieg sie in eine Zinkwanne, die plötzlich auf der Bühne stand.

„Die Schlangenfrau und der Wassermann", ertönte wieder die Stimme und aus der Wanne erhob sich ein Wesen, das der Schlangenfrau ähnelte. Auch seine Schuppen glänzten grünlich, doch hatte es Schwimmhäute zwischen den Fingern und Zehen. Auf dem Kopf hatte es einen Kamm. Der Wassermann umfing die Schlangenfrau, die sich lasziv in seinem Arm schlängelte.

„Und nun unsere letzte Kuriosität: Der Riese." Der Riese reichte bis an die Decke des Zeltes. Er war mit dicken Ketten gefesselt, die er mit einem Grollen zerriss. Anschließend hab er ein ängstlich wirrendes und ausschlagendes Pony über den Kopf. Das Publikum applaudiere frenetisch, was alle Akteure auf die Bühne holte.

„Damit endet unsere Vorstellung. Damen und Herren, Jungfrauen und Burschen, Kinder. Wir danken Euch und hoffen Euch bald wieder zu sehen!"

Das Publikum machte sich auf, um das Zelt zu verlassen. „Starker Tobak, aber starke Kostüme", hörte Jacob einen Mann sagen. Er wandte sich seinem Bruder zu. „Was meinst du."

„Ja klar, wir gucken uns an, was hinter dem Zauber steckt", antwortete dieser.

So verließen die Brüder das Zelt, um sich zur Wagenburg der Jahrmarktsleute zu schleichen. Bald hatten sie die Wagen des Doktor Malldonardo vor sich, wo sich die Mitwirkenden der Show versammelt hatten. „Ich habe die Nase voll", keifte der Zwerg und verpasste dem Leierkasten einen gehörigen Tritt.

„Stimmt!" Die bärtige Frau vom Eingang strich sich über das Gesicht. Plötzlich sah sie aus wie ein Wolf. „Ich habe es kaum noch unter Kontrolle und bald ist auch noch Vollmond", knurrte sie.

„Und ich verhungere bei all dem Menschenfutter", fügte der Riese hinzu, packte das Ponny, drehte ihm den Hals um und begann es roh zu verspeisen.

„Du hast es gut", seufzte der Wassermann. „Ich kann kaum noch atmen. Mir fehlt das fließende Gewässer."

Graf Vlad griff in seinen Zylinder, zog ein Kaninchen heraus und biss ihm kräftig in die Halsschlagader. Nachdem er ihm das Blut ausgesaugt hatte, warf er das Tier achtlos in eine Ecke. „Ihr habt Recht. Es ist nur noch für diese Saison, dann nehme ich euch alle mit in meine Heimat. Auf meinem Schloss werdet ihr es alle gut haben, jeder nach seiner Fasson." Er ließ den Blick schweifen. „Aber ich sehe, dass wir Besuch haben."

Die Brüder wurden an den Ohren hochgerissen. Die Schlangenfrau hatte sich ihnen unhörbar genähert und zeigt triumphierend auf die beiden. „Sssssspione in unserem Lager."

Vlad fixierte Jacob und seinen Bruder. „Guten Abend, Burschen. Gehe ich Recht in der Annahme, dass ihr nichts Besonderes gehört oder gesehen haben?" Die Brüder antworteten wie in Trance. „Wir haben nichts Besonderes gesehen."

„Wir sind Gaukler, sonst nichts", sagte Vlad leise.

„Ihr seid Gaukler, sonst nichts", murmelte den Jungen.

„Gut, jetzt nennt mir eure Namen, ihr guten Kinder."

Jacob schluckte. „Ich bin Jacob Grimm und dies ist mein Bruder Wilhelm."

Küsse niemals einen Frosch

Prinzessin Priscilla schlenderte gemächlich über den Hof des väterlichen Schlosses, wobei sie ihr Lieblingsspielzeug ab und zu in die Luft warf und geschickt wieder auffing. An diesem, strahlend schönen Sommertag glitzerte die goldene Spindel besonders prächtig in der Sonne. Lautes Hufgetrappel ließ die Prinzessin aufmerken, offensichtlich näherte sich ein Reiter in scharfem Tempo. „Wer wagt es", murmelte sie aufgebracht, denn im Inneren der Anlage war es ausdrücklich verboten schneller, als im Schritttempo zu reiten. Doch ehe sie sich weiter erregen, oder gar nach den Wachen rufen konnte, bog der Übeltäter in scharfem Galopp um die Ecke. Die Prinzessin hielt einen Augenblick die Luft an. Auf einem prächtigen Schimmel saß ein stattlicher Ritter, denn ohne Zweifel handelte es sich bei diesem gut aussehenden Mann um einen solchen, wenn er auch statt einer Rüstung eine leicht mitgenommene Livree trug. Kurz bevor er sie über den Haufen reiten konnte, zügelte der Schöne sein Pferd und sprang behände ab.

„Was führt Euch so eilig zu uns", strahlte die Prinzessin ihn an. Der Fremde musterte sie einen Augenblick, um dann in einen tiefen Diener zu sinken. „Verzeiht mir meine ungebührliche Eile, edle Dame, doch es handelt sich um einen Notfall. Mein Prinz schwebt in ernster Gefahr. Doch wo bleibt meine Höflichkeit. Wenn ich mich vorstellen darf: Man nennt mich den getreuen Heinrich. Ich bin der erste Kammerdiener und Vertrauter des Prinzen Diethmar von Witt und Hohenstein und erbitte Hilfe."

„Soso, ein Lakai", Prinzessin Priscilla rümpfte das niedliche Näschen. Zugegeben, Heinrich hatte einen gewissen Eindruck auf sie gemacht, doch war er eben nur ein Diener. „So folgt mir in den Thronsaal, vielleicht hat mein Vater einen Moment Zeit für euch." Mit einem huldvollen Nicken geleitete sie ihn ins Innere des Schlosses.

Im Thronsaal war der König gerade dabei zu regieren, doch auf die Bitte seiner Tochter hin hörte er sich Heinrichs Geschichte an. Er sei der engste Vertraute des Prinzen Diethmar, erzählte dieser, und habe ihn auf einem Jagdausflug begleitet. Leider sei man von Wege abgekommen und im tiefen Wald auf ein Häuschen gestoßen, das ganz und gar aus Lebkuchen gebaut war. Als der Prinz, der eine Neigung zu süßen Sachen habe, sich ein Stück vom Dach abbrach und daran knabberte, öffnete sich die Tür. Ein sehr unschönes Weib forderte Herrn und Diener auf einzutreten, denn es habe gerade ein opulentes Mahl gekocht und, wie zum Beweis, umschmeichelten die delikatesten Essensdüfte die beiden hungrigen Männer. Im Knusperhäuschen war der Tisch bereits gedeckt. „Für drei Personen, das hätte mich doch stutzig machen müssen", rief Heinrich verzweifelt aus.

„Nun erzählt weiter", der König hatte das Regieren eingestellt und hörte der Geschichte wie gebannt zu. Auch Priscilla war ganz Ohr.

„Wir setzten uns also an den reich gedeckten Tisch und schmausten, der Wein floss in Strömen, denn die Flaschen schienen niemals leer zu werden. Nach einer Weile kam mir das Weib gar nicht mehr so hässlich vor. Auch mein Prinz schien sehr von ihr angetan zu sein, denn er machte ihr die gewagtesten Komplimente. Dann bin ich eingeschlafen. Oh, hätte ich nur besser achtgegeben! Als ich aufwachte, lag ich in einem Käfig, umgeben von menschlichen Knochen. Neben mir stöhnte jemand laut. Ihr werdet erraten, von wem die jammervollen Geräusche kamen. Prinz Diethmar saß in dem Käfig nebenan und hielt sich den Kopf."

„Wie schrecklich, wie verachtenswert, einen Prinzen in einen Käfig zu sperren", der König schlug mit der geballten Faust auf die Lehne seines Thrones. „Fahrt fort!"

Doch dieser Aufforderung bedurfte es gar nicht, Heinrich war nicht mehr zu bremsen. Nach einiger Zeit wäre die Hexe, denn um eine solche handelte es sich bei dem Weib, in den Raum geschlurft, erzählte er. Sie habe sich die Mittelfinger der Gefangenen durch die Gitterstäbe reichen lassen und diese gründlich betastet. Dann habe sie den Prinzen aus dem

Käfig gelassen. „Mit dir habe ich noch so einiges vor, Burschi", kicherte sie. Heinrich wäre fett genug um einen guten Braten abzugeben. „Vielleicht gebe ich dir ein Flügelchen ab, mein Prinzchen!" Sie schmiegte sich an ihn. „Du hast mir gestern so viele Nettigkeiten gesagt, jetzt küsse mich, denn ich will wieder einmal einen Mann haben." Ob dieser Worte war Prinz Diethmar in helle Panik geraten. Er wehrte sich mit Händen und Füßen gegen die Annäherungsversuche des Weibes, was dieses in Rage brachte. es öffnete auch Heinrichs Käfig und versuchte sich ihm zu nähern, was er mit allen Kräften zu verhindern wusste. Plötzlich erschien die Hexe den verzweifelten Männern riesengroß. Sie packte den Prinzen am Kragen und schüttelte ihn wie einen Hund. „Du willst dich mir verweigern?", geiferte sie. „Erst erzählst du mir, dass ich schön bin und jetzt willst du nicht? Das wirst du mir büßen!" Darauf murmelte sie allerhand unverständliches Zeug und mit einem grellen Blitz verwandelte sich Prinz Diethmar in einen Frosch. Hier verstummte Heinrich und sackte in sich zusammen. „Mein Prinz wurde verhext und was tat ich?"

„Ja was tatest du", fragte der König gespannt.

„Ja was tatest du denn", echote Prinzessin Priscilla.

Heinrich liefen die Tränen über das Gesicht. „Ich lief weg", murmelte er. „Ließ meinen Prinzen in Stich und brachte mich in Sicherheit. Sprang auf mein Pferd und gab ihm die Sporen, während mir die höhnischen Worte der Hexe noch in den Ohren hallten: ‚Du sollst als ein Frosch leben und Fliegen fressen, bis eine wahre Liebe dich erhört und dir die Küsse gibt, die du mir verweigert hast.' Ich irrte lange durch den Forst, bis ich endlich hier her gelangte."

Der König stieß hörbar den Atem aus und auch Prinzessin Priscilla schnappte nach Luft.

„Bitte, Euer Majestät, helft mir. Ich muss meinen Prinzen finden, ehe er gefressen wird. In diesem Jahr brüten ungewöhnlich viele Störche in der Umgebung."

Der König nickte gewichtig. „Natürlich helfe ich Euch, schließlich handelt es sich um einen Prinzen, auf dem der Fluch liegt." Er musterte seine Tochter aufmerksam. „Was meinst du, Priscilla, würdest du den hochwohlgeborenen Diethmar als Gatten in Betracht ziehen? Das Königreich von Witt und Hohenstein zählt zu einem der reichsten in unseren Landen."

Priscilla zögerte und betrachtete den getreuen Heinrich noch einmal eingehend. „Sagt mir, ist der Prinz von angenehmer Erscheinung?"

Heinrichs Blick verklärte sich. „Mein Prinz ist ein schöner, kluger, gebildeter Mann, der alle Anderen in den Schatten stellt. Zudem sind seine Umgangsformen exzellent. Er würde sich einer Jungfrau niemals auf ungebührliche Weise nähern."

111

„Genug geredet, wir werden alle Hebel in Bewegung setzen, um den Prinzen zu finden und die Hexe zu töten. Ihr könnt uns doch sicherlich den Weg zu ihrer Hütte weisen", beendete der König Heinrichs Schwärmereien.

So geschah es. Der König wies seine besten Ritter an Heinrich in den Wald zu folgen, die Hütte der bösen Hexe zu suchen und diese unschädlich zu machen. Gleichzeitig stellte er Suchtrupps auf, die alle Weiher und Flüsse des Königreiches nach dem prinzlichen Frosch absuchten. Das Knusperhäuschen der Hexe ward schnell gefunden, doch von ihr fehlte jede Spur. Einzig der große Backofen glomm noch vor sich hin, als die Ritter dort eintrafen. Auch ein Geschwisterpaar, welches sich reichlich bepackt auf dem Rückweg nach Hause befand, konnte keine Auskunft über den Verbleib der Hexe geben.

Trotz gründlichster Suche fand man kein Lebenszeichen von Frosch Diethmar, sodass der getreue Heinrich sich schweren Herzens ins Königreich Witt und Hohenstein aufmachte. Der König verschob die Hochzeitspläne für seine Tochter, schließlich war sie noch recht jung.

Die Geschichte des unglücklichen Prinzen geriet mit der Zeit in Vergessenheit.

Die Jahre gingen ins Land
Wieder glitzerte die Mittagssonne vom wolkenlosen Himmel und Prinzessin Priscilla

schlenderte durch den Schlossgarten. Schließlich führte sie ihr Weg in einen verschwiegenen Teil des Gartens, wo ein plätschernder Brunnen, von verwilderten, mit tausend Blüten duftenden Rosen bekränzt, zum Verweilen einlud. Die Prinzessin setzte sich auf den Brunnenrand und spielte aus lieb gewonnener Gewohnheit mit ihrer goldenen Spindel. Sie warf das Teil in die Luft, wollte es wieder auffangen, doch die Spindel fiel mit einem lauten ‚Plopp‘ mitten in den Brunnen. Vorsichtig beugte sich die Prinzessin vor, aber der Brunnen schien endlos tief zu sein. „Meine schöne Spindel“, schluchzte Priscilla verzweifelt. „Vater wird böse sein, denn nur mit ihr kann ich aus Stroh Gold spinnen. Wer kann mir nur helfen!“

„Ich“, quakte es laut neben ihr. „Aber das mache ich nicht umsonst, denn dieser Brunnen ist sehr tief, ziemlich schmutzig und stinkt.“

Die Prinzessin erschrak heftig und fuhr sich mit dem Rocksaum über die Augen um ihre Tränen zu trocknen.

„Ihh, hast du kein Taschentuch?“ Der Frosch schüttelte sich. „Das ist aber ziemlich unhygienisch.“

„Nun stell dich bloß nicht so an oder hast du vielleicht ein Taschentuch dabei?“, fuhr die Gescholtene auf. „Hole mir lieber die magische Spindel wieder, du komischer Kerl. Ich schenke dir auch mein tolles neues Besteck, das ist aus Gold, genau wie die Spindel.“

Der Frosch musterte sie spöttisch. „Was meinst du soll ich mit einem goldenen Löffel anfangen, du dumme Pute. Ich fange die Fliegen mit meiner Zunge, das schmecken nicht schlecht." Wie zur Bekräftigung ließ er seine Zunge vorschnellen und fing geschickt eine fette Spinne, die er genüsslich verzehrte. „Doch habe ich einen anderen Vorschlag für dich: Wenn du mich mit in dein Schloss nimmst, mit an deinem Tisch essen lässt und anschließend mit ins Bett nimmst, dann überlege ich es mir. Ich möchte endlich mal wieder anständig essen und weich schlafen."

„So etwas nennt man Erpressung, aber was bleibt mir übrig. Hole mir meine Spindel, dann nehme ich dich mit ins Schloss und du kannst in Gottes Namen von meinem Teller essen." Die Prinzessin hatte nicht vor, den Forderungen des unverschämten Frosches Folge zu leisten, doch erst einmal musste er ihr helfen.

„So gilt es!" Mit einem lauten Platsch sprang der grüne Kerl ins Wasser und tauchte wenig später mit dem Objekt der Begierde auf. „Das war anstrengend, jetzt nimm mich auf den Arm und trage mich ins Schloss", quakte er außer Atem.

„Erst gibst du mir die Spindel!" Doch kaum hielt Priscilla ihr Arbeitsgerät in Händen, so raffte sie die Rocksäume und machte sich schnellstens aus dem Staub.

„Hey, das ist gemein, du hast es versprochen", hörte sie den Frosch hinter sich und rannte noch schneller.

Im Schloss angekommen blieb ihr kaum Zeit um sich frisch zu machen, denn das abendliche Diner wartete bereits auf sie. So beeilte sich Priscilla und kam gerade noch pünktlich. Kaum hatte sie sich an die Tafel gesetzt, da klopfte es laut am Tor. Wenig später hastete ein Bediensteter aufgeregt in den Saal. „Ich will nicht stören, Euer Majestät, aber draußen sitzt ein streitlustiger Frosch, der klopft ans Tor und quakt dabei ständig. ‚Königstochter, Jüngste, lass mich ein' jedenfalls klingt es so. Wollt Ihr ihn empfangen?"

Der König runzelte verärgert die Brauen und musterte seine Tochter kühl. „Hast du mir etwas zu sagen, Priscilla?"

„Nun ja, Papa, da war heute ein Frosch im Garten, der hat mir ... äh ... ein wenig geholfen. Und stell dir bloß mal vor, er will als Gegenleistung dafür tatsächlich von meinem Teller essen und in meinem Bett schlafen!"

„So, so", der König tippte sich an die Nase, wie immer, wenn er nachdenklich wurde. „Was genau hat der grüne Geselle für dich getan?"

„Nun, Vater, ich spielte so mit der Spindel, du weißt schon, die aus Gold, die mit der ich alle Nase lang Stroh ..."

„Schweig still", donnerte der König. „Du wirst noch alle unsere Familiengeheimnisse aus-

plaudern. Die Spindel ist immerhin ein Erb-
stück und befindet sich schon seit Jahrhunder-
ten in unserer Familie. Du weißt genau, dass
du sie nicht immer bei dir tragen sollst. Sie
gehört in die Schatzkammer!"

„Aber sie glitzert so schön, Vater!"

„Papperlapapp, du törichtes Ding. Du sollst
keine schlafenden Geister wecken. Es fehlt
noch, dass er, dessen Namen man nicht nennen
darf - und neben bei bemerkt, dessen Namen
ich völlig vergessen habe, hier aufläuft und
unqualifizierte Forderungen stellt. Er wollte
schon einmal ein Kind dieses Hauses adoptie-
ren."

Priscilla schob schmollend die Unterlippe vor.
„Jedenfalls ist dieser komische Frosch total
glitschig und seine Haut sieht ganz pockig
aus!"

„Das ist egal, hinein mit ihm", befahl der König und wandte sich streng seiner Tochter zu.
„Es wird Zeit, dass du lernst, zu deinem Wort
zu stehen. Was du versprochen hast, das musst
du auch halten. Wenn der Frosch von deinem
Teller essen möchte, dann wirst du ihn auf den
Schoss nehmen und füttern. Anschließend
nimmst du ihn mit in dein Bett und keine Wi-
derrede!"

So geschah es. Die Königstochter musste den
Frosch auf ihren Schoss setzen und füttern,
obwohl es ihr vor seiner nassen, pockigen
Haut gruselte. Als es Schlafenszeit wurde,

befahl ihr der König, das Tier mit ins Bett zu nehmen.

„So, jetzt hast du alles, was du wolltest, du ekeliges grünes Monstrum. Mach es dir ruhig in meinem Bett bequem, ich schlafe lieber auf Teppich, als mit dir zusammen." Würdevoll legte sich Priscilla auf den dicken Teppich, der vor ihrem Himmelbett lag, während der Frosch sie nachdenklich musterte. „Aber ich komme von allein nicht in das Bett, es ist zu hoch", quengelte er. „Du musst mich hochheben, sonst sage ich es dem König."

„Das ist doch ..." Priscilla nahm den Frosch auf, um ihn auf ihr Bett zu setzen. Er schaute ihr tief in die Augen. „Würdest du mich vielleicht küssen", wisperte er. „Nur ein Gutenachtkuss ..." Weiter kam er nicht, denn die Prinzessin verlor jegliche Contenance und schmetterte den impertinenten Frosch mit aller Kraft gegen die Wand, wo er wie tot liegen blieb.

„O je, ich habe ihn umgebracht! Vater wird mir zürnen!" Prinzessin Priscilla rang die Arme, während sie sich dem Unglücklichen vorsichtig näherte und sich über ihn beugte. Doch zu ihrer Freude atmete der Frosch noch. „Heinrich", murmelte er, während die Prinzessin ihn aufhob und vorsichtig in ihr Bett legte. „Heinrich, Heinrich", plötzlich dämmerte es Priscilla. Da war doch die lang vergessene Mär von dem verwunschen Prinzen Diethmar.

Ohne zu zögern schickte sie nach einem vertrauenswürdigen Ritter ihres Vaters und sandte ihn in das Königreich Witt und Hohenstein, um den getreuen Heinrich so schnell wie möglich herzuschaffen.

„Ja, und dann hat er von mir verlangt, dass ich ihn küsse und ich habe ihn in einem Reflex von mir weggeschubst. Er ist unglücklich vor die Wand geflogen. Seitdem liegt er im tiefen Schlaf und will nicht mehr aufwachen. Manchmal wird er unruhig und flüstert euren Namen, mein lieber Heinrich." Der Getreue war so schnell er konnte in das königliche Schloss geeilt. Priscilla erklärte ihm die Lage, während er sich tief über den röchelnden Froschprinzen beugte. Sanft strich er ihm über den Kopf. „Mein Prinz", mit diesen Worten hauchte er Diethmar einen Kuss auf das Froschmaul. Priscilla traute ihren Augen nicht, denn der grüne Körper erstrahlte in einem überirdischen Glanz, der Frosch öffnete die Augen und umfing Heinrich mit einem liebevollen Blick. „Meine wahre Liebe", wisperte er und ganz langsam ging die Rückverwandlung vor sich. Aus dem hässlichen, grünen Frosch wurde ein stattlicher Prinz.

Ein paar Wochen später:
„Liebe Priscilla, endlich kann ich euch einmal danken, dass ihr mich von dem üblen Fluch der Hexe befreit habt. Ohne euch hätte ich

meine wahre Liebe niemals gefunden." Prinz Diethmar drückte Priscilla dankbar die Hand. Er hatte sie zu einem Besuch in sein Reich eingeladen. Der König erhob keine Einwände gegen diese Reise. „Bei ihm bist du in guten Händen, mein Kind. Der Prinz hat seine wahre Liebe gefunden, obwohl ich nicht weiß, wie es in diesem Königreich mit der Thronfolge weiter gehen soll", fügte er nachdenklich hinzu.

Nun rollte die Kutsche über Stock und Stein dem Königreich von Witt und Hohenstein entgegen. Der getreue Heinrich saß, wie es sich für einen Lakaien gehörte, auf dem Rücksitz.

Plötzlich klirrte, klapperte und knirschte es vernehmlich. „Heinrich, ich glaube wir haben einen Platten, lass mal lieber anhalten", rief der Prinz seinem ersten Kammerdiener zu. „Nein, mein Prinz, mir ist gerade ein Stein vom Herzen gefallen", war die Antwort. „Ich hätte doch nie zu hoffen gewagt, dass ihr meine tiefe Liebe erwidert."

„Mein lieber, treuer Freund, setzt euch zwischen uns." Prinz Diethmar rückte ein wenig zur Seite. „Auch ich liebe euch schon, seit ich euch das erste Mal sah." Priscilla schaute verblüfft von einem zum anderen. „Ist schon gut, ich setzte mich freiwillig auf die Rückbank. Hier vorne wird es zu warm."

Und wenn sie nicht gestorben sind, dann wärmen sie sich noch heute aneinander…

Das musikalische Quartett
oder Fandango in der Friedhofskapelle

Ernesto sog scharf die Luft ein, denn am Wegrand bewegte sich etwas. Vorsichtig schlich er näher und beäugte misstrauisch den alten Dackel, der abgeschlafft im kühlen Gras lag. „Buenos Dias", begrüßte er den Alten, denn Höflichkeit muss sein. „Was liegst du hier so herum?"

„Ach", antwortete der. „Weil ich alt bin und nicht mehr mit auf die Jagd gehen kann, hat mein Herr damit gedroht, mich zu erschießen, da habe ich Reißaus genommen. Aber ich weiß beim besten Willen nicht wie ich an etwas zu futtern komme."

„Madre de Dios, da geht's dir nicht besser als mir. Ich habe mich auch davongemacht, denn sie wollten mich wieder zurückschicken."

Das interessierte den Dackel und er musterte Ernesto von oben bis unten. „Wohin zurückschicken? Und was bist du für ein komischer Kerl? Den Ohren nach zu urteilen, war dein Vater ein Esel."

Ernesto zog die Augenbrauen zusammen und blickte finster drein. „Das ist eine Beleidigung, Senor, die ich mir verbitten möchte. Ich bin ein reinrassiger Podenco und komme aus dem schönen Espana. Meine Eltern sind von altem Adel. Leider wurde ich durch widrige Umstände zum Vollweisen, musste eine Weile auf der Straße leben und bin von einem gut situierten Ehepaar hier in Deutschland adoptiert worden."

„Ah-ha! Und was machst du dann HIER?"

Ernesto wackelte verlegen mit den wirklich ungewöhnlich langen Ohren. „Die Leute sind ein wenig schwierig und nicht mit mir zurechtgekommen. Obwohl ich ein liebenswerter Rüde bin, das sei hier noch einmal betont! Letztens flüsterten sie miteinander, sie dachten ich bemerke das nicht. Madre Mia, mit meinen Ohren höre ich die Flöhe bellen." Wie zur Bestätigung ließ er wieder die Ohren kreisen.

„Husten", warf Gottfried, der Dackel ein. „Die Flöhe husten, wir bellen!"

„Na meinetwegen, dann eben husten", Ernesto war nicht zu stoppen. „Sie tuschelten und ich merkte genau, dass kein guter Wind wehte. Ehe sie mich zurückschicken konnten, bin ich davongeschlichen. Aber ich habe einen Plan. Schließlich komme ich nicht umsonst aus dem Heimatland des Fandangos. Uno, dos, tres." Hier machte der eselartige Hund ein paar zackige Tanzschritte. "Cuatro, cinco y seis – wer kann diesem Rhythmus widerstehen."

Gottfried schaute ihm irritiert zu. „Was soll das denn sein? Da lobe ich mir ein anständiges Halali, das hört sich so an." Ehe der Dackel zur Jagd blasen konnte unterbrach ihn Ernesto: „Compadre, was ich sagen will, ist: Mir liegt die Musik im Blut. Deshalb habe ich beschlossen, mein Glück in der Stadt zu machen. Dort gibt es ein Flamenco Festival, an dem ich teilnehmen werde. Was meinst du, ich bin für el Ritmo zuständig und du für den Takt. Die Trommel kannst du ja wohl schlagen, was!" „Meinetwegen, hab sowieso nix anderes vor", brummte Gottfried und sie gingen zusammen weiter. Bald begegneten sie einer grauen Katze, die missmutig am Wegesrand saß und sich putzte. „Hola, alter Bartputzer", grüßte Ernesto, „was ist dir denn unter die Leber gegangen?" Gottfried verdrehte die Augen. „Es heißt über die Leber gelaufen, oder unter die Haut gegangen!"

„Na so etwas sieht man auch nicht alle Tage", die Katze vergaß vor lauter Erstaunen ihre Körperhygiene. „Was machen ein Esel und ein Dackel in dieser verflixten Einöde?"

„Cojones", Ernesto schien erbost zu sein, denn er fluchte vernehmlich.

„Er ist ein adeliger Hund aus Spanien, Posowieso, dort sehen sie eben so aus", flüsterte Gottfried der Katze zu. „Du solltest ihn nicht beleidigen, wo er doch ein Ausländer ist."

„Sorry, nichts liegt mir ferner", wisperte die Katze zurück. „Ich liege hier, weil ich Langeweile habe und weil ich daheim nicht mehr wohlgelitten bin", ergänzte sie laut.

„Ach tatsächlich?" Ernesto schien nicht nachtragend zu sein. „Sind deine Leute auch schwierig?"

„Das will ich wohl meinen", war die Antwort. „Nur, weil ich lieber hinter dem Ofen liege als den Mäusen hinterher zu jagen, wollten sie mich los werden. Was soll ich denn mit Lebendfutter, schließlich gibt es in jedem gut sortierten Supermarkt die herrlichste Mahlzeit zu kaufen und das ganz ohne Mühe. Überhaupt weiß man nie, was so eine Maus für Krankheiten mit sich herumschleppt", Dorothea, die Katze, schüttelte sich. „Da esse ich schon lieber Gemüse!"

„Wir sind auf dem Weg in die Stadt, um dort den Fandango zu spielen und Flamenco zu tanzen. Mir fehlt noch eine grazile Tanzpartnerin. Begleite uns und wir werden unser Glück machen."

Dorothea klimperte mit den Wimpern. „Zudem verstehe ich mich darauf, eine kleine Nachtmusik zu singen."

„Fantástico!" Ernesto war restlos begeistert und so gingen sie zu dritt weiter. Bald kam das Trio an ein paar traurigen Buchen vorbei. Auf einem Ast saß ein kleiner grüner Vogel und ließ die Flügel hängen.

„Wäre das nicht ein Happen für dich?" Gottfried stieß der Katze aufmunternd in die Rippen.

„Gott bewahre, das traurige Ding ist keine vollwertige Mahlzeit, höchstens ein Snack und das nur in einem ausgesprochenen Notfall."

Ernesto wackelte teilnahmsvoll mit den Eselsohren. „Hey, du Kiwi, was lässt du denn so traurig die Flügel hängen?"

„Nun", zwitscherte der Kleine. „Ich bin lieber weggeflogen, denn in meinem Haus lebt ein kleiner Mensch, der will mir die Schwanzfedern ausreißen und sie sich als Schmuck ins Haar stecken."

„Ah ya, mir scheint es, als wären die Leute in diesem Campo alle schwierig. Komm doch mit uns in die Stadt, wir spielen den Fandango und werden reich und berühmt. Du passt mit deinem grünen Federkleid exzellente zu uns."

„Und keine Angst wegen Dorothea, sie ernährt sich vorwiegend vegetarisch", fügte Gottfried hinzu. Misstrauisch beäugte der Wellensittich die Katze, welche sich genießerisch die Pfoten leckte, um sich damit über den Kopf zu fahren.

„Na gut, besser von einem Raubtier gefressen, als ohne Schwanzfedern durchs Leben fliegen", murmelte er und ließ sich anmutig auf Ernestos Rücken nieder. „Du erlaubst doch, Esel?"

„Er ist kein Esel", fuhren ihm Gottfried und Dorothea über den Schnabel.

„Eben", Ernesto seufzte resigniert und setzte sich in Trapp.

Sie gingen den ganzen Tag. Als es dämmerte, ließ sich Gottfried demonstrativ auf sein Hinterteil plumpsen. „Jetzt ist es aber genug", japste er. „Ich kann keinen Schritt mehr weiter, schließlich bin ich nicht mehr der Jüngste und, mal nebenbei bemerkt, hatte ich schon einen Bandscheibenvorfall." Ernesto schaute sich um. „Wir sind fast in der Stadt, doch es stimmt schon. Wir sollten lieber hier übernachten, denn es sieht schön grün und gemütlich aus."

„Einen solchen Ort habe ich schon auf meinen nächtlichen Streifzügen besucht", meldete sich die Katze zu Wort. „Ich glaube hier vergraben die Menschen ihre Toten. Mir soll es recht sein, wenn wir bleiben, denn es ist friedlich."

So machten die Musikanten es sich bequem. Ernesto und der Dackel legten sich unter einen Baum. Die Katze kletterte auf eine Astgabel und Kiwi, der Wellensittich, flog bis in die Krone, wo das Geäst dünn war, denn er misstraute der Vegetarierin noch immer. Ehe er einschlief, sah er sich noch einmal gründlich um. „Merkwürdig", dachte er, denn ganz in der Nähe blinkte ein Licht auf. „Freunde", zwitscherte er, „Ich glaube gar nicht weit von hier gibt es ein Haus, denn ich habe ein Licht gesehen!"

„Das wäre grandios", Ernesto war begeistert. „Dort wohnen sicher nette Leute. Bei denen geben wir schon mal eine Kostprobe unseres Könnens ab. Sie werden vor Begeisterung hin und her sein."

Auch Gottfried erwärmte sich für die Idee. „Bestimmt gibt es anschließend eine Mahlzeit und ein etwas weicheres Nachtlager. Der harte Boden ist Gift für meinen Rücken. Erwähnte ich bereits, dass ich schon einen Bandscheibenvorfall hatte?"

„In der Tat, das erwähntest du vorhin", schnitt Dorothea ihm das Wort ab. „Los alter Knabe, immer dem grünen Snack hinterher."

Sie folgten dem aufgeregt vorausflatternden Wellensittich und standen bald vor einer kleinen Kapelle, in der sie undeutlich das Licht einer Taschenlampe hin und her flitzen sahen. Vorsichtig lugte Ernesto durch den, einen Spalt offen stehenden, Türflügel.

„Was siehst du?", fragte Gottfried.

„Hola, da sind wirklich ein paar Leute", kam die geflüsterte Antwort. „Wir sollten den Überraschungseffekt ausnutzen. Mir ist da eine Idee gekommen. Was meint ihr, seid ihr fit für eine kleine akrobatische Einlage? Die Menge wird begeistert sein und toben!"

Nach einigem hin und her einigte man sich schließlich darauf, eine tierische Pyramide zu bilden. Ernesto erklärte sich bereit, als Untermann zu fungieren, „Schließlich bin ich stark wie el burro."

Gottfried stieg ihm mit Ächzen und Schnaufen ‚Schließlich hatte ich schon einen Bandscheibenvorfall' auf den Rücken. Als Nächstes sprang die Katze leichtfüßig auf Gottfried, nicht ohne Proteste seinerseits: „Vorsicht bitte, schließlich hatte ich schon …"

Das Schlusslicht bildete Kiwi, der sich zögernd auf Dorotheas Kopf niederließ. „Ich habe genau gehört, dass du gerade ‚Snack' zu mir gesagt hast!"

Ernesto räusperte sich. „Ruhe bitte und Konzentration. Ich trete vorsichtig in den Raum. Sobald wir drinnen sind, fängt jeder mit seiner Musik an. Wir haben zwar noch nicht geprobt, aber jeder von uns ist eine fantastico Músico! Uno, dos, tres!"

Doch ach, bei „drei" hatte der temperamentvolle Spanier alle guten Vorsätze vergessen und machte einen gewaltigen Satz nach vorne, was die Pyramide ins Wanken brachte. Einzig Kiwi, der Wellensittich, fing sich relativ schnell und kurvte, aus ganzem Herzen zwitschernd, über dem Desaster hin und her. Die Hunde und Dorothea, die Katze, polterten mit einem gewaltigen Getöse in die Kapelle, wobei sie aus Leibeskräften bellten, jaulten, fauchten und miauten. Dieses undefinierbare Geräuschdurcheinander ließ die Kirchenräuber schnellstens das Weite suchen, denn um nichts anderes als gemeine Diebe handelte es sich bei dem vermeintlichen Publikum. Der Pfarrer, welcher eine letzte Inspektionsrunde über den Friedhof machte, entdeckte zu seinem Erstaunen die aufgebrochene Kapellentür. Doch noch mehr wunderte er sich, als er eintrat, und von einer zirkusreifen Darbietung überrascht wurde.

Im städtischen Anzeiger fand der aufmerksame Leser am nächsten Tag folgende Nachricht:

Dreister Einbruch in Friedhofskapelle vereitelt
Unbekannte Täter sind am gestrigen Abend in die Friedhofskapelle eingebrochen. Die Täter brachen die Kapellentür auf und stellten das Altarkreuz und mehrere sakrale Gegenstände zum Abtransport bereit. Allerdings flüchteten sie, ohne die Beute mitzunehmen. Vermutlich wurden sie durch mehrere Tiere, die in der Kapelle Schutz suchten, gestört und so von weiteren Tathandlungen abgehalten, so die Polizei. Sachdienliche Hinweise bitte an das Kriminalkommissariat.

Pfarrer Piepenkötter erklärte sich bereit, die Tiere (zwei Hunde, eine Katze und ein Wellensittich) in seine Obhut zu nehmen, bis sich die jeweiligen Halter gemeldet haben.

„Ich bewohne ein altes Bauernhaus und habe genug Platz. Falls sich niemand meldet, können die offensichtlich schon älteren Tiere bei mir bleiben, wenn sie auch ziemlich laut und unmelodisch miteinander kommunizieren." So der Pfarrer.

Fernando findet sein Glück

Es war wunderbar auf der schönen Insel mitten im sonnigen Meer. Es war Sommer. Die Palmen fächelten sanft im lauen Wind. Der Hibiskus blühte in allen Farben des Regenbogens. Die Fischer machten reiche Beute, nahmen ihre Fische direkt auf der Mole aus und schenkten die Abfälle den herumstreunenden Katzen. Ja, es war wirklich herrlich hier.

Mitten im Sonnenschein lag eine alte Scheune, in der die Katzenmutter auf die Ankunft ihrer Babys wartete. Hierhin hatte sie sich vor einiger Zeit zurückgezogen, um ihren Nachwuchs in Ruhe zu bekommen. Endlich war es so weit, ein Kätzchen nach dem anderen erblickte das Licht der Welt. „Miau, miau", maunzten sie, während ihre Mutter sie mit ihrer Zunge trocken putzte. Plötzlich hielt die Katzenmutter inne, denn ihre Zunge fuhr über raues Stoppelhaar. „Maunz", rief eine kratzige Stimme. Wie sie so schaute, erblickte die Katzenmama ein furchtbar hässliches Junges. Die Haare standen ihm wie Borsten vom Körper. Die Ohren waren viel zu groß und komisch ausgefranst. „Maunz", miaute es wieder, jedoch klang dieser Ton wie das Kratzen auf einer Schiefertafel. „Welch' hässliches Geschöpf", dachte die Katzenmutter, doch weil auch dieses Junge ihr Kind war, sagte sie nichts.

Ein paar Tage später kam eine alte Tante zu Besuch, um sich die jungen Katzen anzuschauen. „Bei meiner Seele", rief sie aus, als sie das hässliche Katzenkind sah. „Was ist das? Es sieht einem Kojotenjungen ähnlich. Ich hatte einmal ein ähnliches Junges, doch war es nicht so schäbig. Glaub mir, das war eine Plackerei mit ihm, denn es war feige und hinterlistig. Wenn du klug bist, so jagst du es weg."

„Ich will es noch eine Weile behalten. Es ist nun mal mein Kind", sagte die Katzenmutter. „Vielleicht verwächst sich die Hässlichkeit mit der Zeit."

Bald darauf ging die Katzenmama mit ihren Jungen auf die Mäusejagd. „Früh übt sich, was ein Meister wird", sagte sie. „Ich zeige euch einmal, wie das Anschleichen geht. Dann müsst ihr es allein versuchen."

Das Anschleichen gelang den jungen Kätzchen ganz prächtig. Auch das hässliche Kätzchen tat mit und übertraf seine Geschwister sogar. „Das Kind ist recht geschickt", dachte die Mutter bei sich. „Und es sieht schon viel hübscher aus, als am Vortag." Sie beschloss dieses Junge bei sich zu behalten.

Schon bald waren die jungen Katzen groß genug, um der Katzenkönigin gezeigt zu werden. Die kätzische Majestät residierte in einer alten Scheune. Ihr Thron bestand aus allerlei glitzerndem Tand.

Sie besah sich die neuen Katzen genau, die im Gänsemarsch an ihr vorbei marschierten. Die Mutter stupste ihr Sorgenkind an. „Nun geh, mein kleiner Fernando, sei stolz und halte dich aufrecht, so wie es ein mutiger Kater macht. Auch wenn du jung bist, so bist du schon recht groß für dein Alter. Das wird der Königin gefallen."

Doch beim Anblick des jungen Katers schüttelte die Katzenkönigin ungläubig den Kopf.

„Was macht dieser hässliche Unhold hier. Er sieht aus wie ein Kojote. Sicher ist er feige und hinterlistig, ganz nach Kojotenart. Ich will ihn hier nicht haben."

„Euer Gnaden", begann die Katzenmutter besorgt, aber Fernando fuhr ihr dazwischen. „Ich bin nicht feige und nicht nach Kojotenart beschaffen. Ich bin ein starker Kater", rief er aus. Das erzürnte das Gefolge der Katzenkönigin. „Jagd ihn weg", zischte es von allen Seiten, und „widerliches Kojotenpack, zerkratzt ihn, dass er bessere Manieren lernt."

Die Katzenmajestät hob die Pfote. „So, so, du bist ein starker Kater?", sagte sie spöttisch. „Dann kannst du mir einen Dienst erweisen. Mein Thron ist gar prächtig. Er funkelt und glitzert im Sonnenlicht. Doch es fehlt ein ganz besonderer Stein, der meinen Thron zu einem wirklichen Kleinod machen würde. Geh hinaus in die Welt und komme nicht wieder, ehe du einen Klumpen Katzengold gefunden hast. So heißt der Funkelstein, nach dem mein Herz begehrt." So scheuchte das Gefolge der Katzenkönigin Fernando von dannen. Da konnte die Mutter noch so bitten und betteln, er musste die Gegend verlassen und nach dem Katzengold suchen.

Er wanderte des Nachts. Das hatte ihm die Mutter ans Herz gelegt. Tagsüber, so sagte sie, würde die heiße Sonne ihn verbrennen und Menschen ihn mit ihren Hunden jagen. „Glaube mir, mein Sohn. Nicht alle sind so freundlich, wie die Fischer hier bei uns", erklärte sie. Fernando fühlte sich auf seiner Wanderschaft bald einsam und allein. Er durchquerte eine öde Wüste und stieg über ein hohes Gebirge, doch nirgends fand er das glimmernde Katzengold. Schließlich kam er in eine große Stadt und weil es mitten in der Nacht war, suchte er sich ein Versteck. Er wollte erst einmal ausruhen, denn die lange Reise hatte ihn müde gemacht. Im einem Schuppen, der in einem düsteren Hinterhof stand, fand er Unterschlupf. Aber der Schuppen gehörte zu einer Schenke, in dem üble Gesellen verkehrten. Wie Fernando so in seinem Versteck schlief, kamen drei Diebe in den Schuppen. Sie hatten in der Nacht des Königs Schatzkammer beraubt und wollten nun die Beute teilen.

„Die Truhe mit den Talern nehme ich", sagte der Erste.

„Und ich die goldenen Geschmeide", fügte der Zweite hinzu.

„Ihr könnt euch nicht die besten Stücke aussuchen. Wir wollen alles gerecht teilen", sagte der Dritte zornig, denn er fühlte sich übergangen. Darüber gerieten die Diebe allesamt in Wut und stritten sich zum Gotterbarmen. Schließlich prügelten sie aufeinander ein. Einer warf mit einem großen Edelstein. Der kullerte aber genau in die Ecke, in er Fernando versteckt lag. Wie der Kater nun den rot funkelnden Stein vor sich sah, glaubte er, das Katzengold gefunden zu haben. Er fasste sich ein Herz, nahm den Funkelstein in sein Maul und schlich leise davon.

„Nun habe ich einen roten Funkelstein gefunden. Sicher wird die Katzenkönigin mit mir zufrieden sein und mich sogar in ihr Gefolge aufnehmen. Dann bin ich nicht mehr allein", dachte er bei sich und machte sich auf den Heimweg. Doch weil ihm der Stein bald zu schwer wurde, legte er sich am Wegesrand hin um einen Augenblick zu rasten. Aber weil er so müde war, schlief er ein und schnarchte. Da fiel ihm der Funkelstein aus dem Maul und kollerte ein Stück den Weg entlang. Eine diebische Elster wurde von seinem Glimmern angelockt. Sie trug den Edelstein in ihr Nest, um sich immer an seinem Glanz zu erfreuen. Als Fernando aufwachte, merkte er gleich, dass er den Stein verloren hatte. Doch so sehr er auch suchte, er fand ihn nicht wieder.

So machte er sich weiter auf die Suche nach dem Katzengold. Schließlich kam er an einen Steinbruch. Weil es noch dunkel war, suchte er sich ein Plätzchen, an dem er ausruhen konnte, denn die lange Wanderung hatte ihn müde gemacht. Wie er so schlief, träumte er, dass sich eine wilde Horde im Steinbruch versammelte. Soldaten waren es, die aus einem großen Krieg kamen. Nun waren sie des Kämpfens müde und versammelten sich zum letzten Mal um Abschied zu nehmen. Sie machten ein großes Freudenfeuer an, denn alle freuten sich darauf, heim zu kommen. Doch vorher tranken und sangen sie miteinander. Als sie genug gesungen und getrunken hatten, schüttelten sie sich die Hände und schlugen sich auf die Schulter. Ein jeder nahm sein Bündel, worin er seine Beute wohl verwahrte, und ging seiner Wege. Der Hauptmann ging als letzter, denn er hatte ein ganzes Fass Rum leer getrunken, worauf er eingeschlafen war. Nun raffte auch er sein Bündel zusammen. Dann wankte er seinen Kameraden nach. Dabei bemerkte er nicht, dass ein großer Goldklumpen aus seinem Bündel auf die Erde fiel.

Als Fernando aufwachte, stand die Sonne schon hoch am Himmel. Er reckte sich nach Katzenart. Doch wie staunte er, als er die Reste des Freudenfeuers sah. Daneben lag der große Goldklumpen, den der Hauptmann verloren hatte. Schnell nahm Fernando ihn zwischen die Zähne und machte sich davon. „Nun habe ich einen prächtigen goldenen Stein gefunden, sicher ist er so gut wie das Katzengold. Die Königin wird es mir danken und dann bin ich nicht mehr einsam", sagte er zu sich und machte sich auf den Heimweg.

Bald kam er an einem See vorbei. Weil die Sonne heiß brannte, bekam er einen großen Durst. So legte er den Goldklumpen am Ufer ab, beugte sich zum Wasser um gierig zu trinken. Wie der den goldenen Stein wieder nehmen wollte, rutschte der ihm aus dem Maul und fiel mit einem Plumps ins tiefe Wasser.

Da setzte sich Fernando an den See und weinte bitterlich, denn er konnte nicht schwimmen.

„Was weinst du so schrecklich, mein Hübscher", hörte er plötzlich eine Stimme. Wie er aufsah, saß eine gar niedliche Katzenfrau neben ihm.

„Ach", klagte Fernando. „Erst habe ich einen roten Glimmerstein verloren, der war aus Katzengold. Dann ist mein goldener Stein in den See gefallen. Ich kann ihn nicht herausholen, weil ich nicht schwimmen kann. Das ist ein großes Unglück. Die Katzenkönigin will mich nicht nach Haus lassen, wenn ich ihr kein Katzengold bringe. Deshalb muss ich weiter einsam sein. Auch bin ich nicht hübsch. Ich bin ein hässlicher Kater. Ich sehe aus wie ein räudiger Kojote, das sagen alle. Aber ich bin nicht hinterlistig und gemein, wie es die Kojoten sind."

Die Kätzin besah ihn von allen Seiten. „Das dein Stein in den See gefallen ist, tut mir leid. Leider kann ich auch nicht schwimmen, das ist nicht unsere Art. Wir Katzen lieben das nasse Element nicht. Aber ich kann nicht sagen, dass du hässlich bist. Schau selbst." Sie zog Fernando nah zum See und zeigte ihm sein Spiegelbild. Wie staunte er, als er sich zum ersten Mal selbst sah. Von dem unansehnlichen kleinen Kätzchen fehlte jede Spur. Im Gegenteil zeigte ihm sein Spiegelbild einen stattlichen Kater mit prächtigen Schnurrhaaren und von ansehnlicher Statur.

„Siehst du jetzt, was ich meine", schnurrte die Kätzin. „Wozu willst du deiner Königin einen goldenen Stein bringen? Bleib einfach bei mir. Ich brauche kein Katzengold, denn ich finde dich auch ohne Geschmeide ansehnlich. Wir könnten zusammen in die Welt hinaus ziehen und uns ein hübsches Plätzchen suchen. Wir wären ein so schönes Paar."

Sie trat an seine Seite und im See waren nun beide Spiegelbilder zu sehen. Kater und Kätzin Hand in Hand. Beide von besonderer Schönheit. Bedächtig nickte Fernando mit dem Kopf. „Ja, ich würde gern mit dir gehen, ganz egal wohin." Er umarmte sie sanft. „Jetzt bin ich nie wieder einsam."

Und der See kräuselte sich in kleine Gluckerwellen. Fast schien es, als würde er lächeln, denn auch ihm gefiel das Paar ausnehmend gut.

Und wenn sie nicht gestorben sind, so spiegeln sie sich immer noch im Gluckerwellensee.

Die Kürbiskatze

„Was für ein Stress!" Frustriert warf Anabella ihren Zauberstab in die Ecke und ließ sich auf das Küchensofa plumpsen. Ihre Mutter hatte den Haushalt immer mit einem Schwung ihres Zauberstabes und dem Murmeln einiger Zaubersprüche in Ordnung gehalten. Das war Anabella kinderleicht erschienen. Jetzt, da sie allein lebte, stellte sie fest, dass es gar nicht so einfach war einen Haushalt zu führen. Jedenfalls schwerer, als sie es sich gedachte hatte. Alles dauerte unendlich lange oder misslang ihr. Der vertrackte Zauberstab machte einfach nicht das, was die kleine Hexe ihm befahl. Das war merkwürdig, denn als sie noch bei den Eltern wohnte hatte er tadellos funktioniert. Doch eigentlich hatte Anabella ihn dort nur benutzt, wenn sie zu faul war aufzustehen. Jetzt musste sie viel kompliziertere Zauber mit dem Stab ausführen. Das erwies sich als gar nicht so einfach.

Das Desaster hatte schon mit ihrem Haus angefangen. Eine Hexe, die das Elternhaus verlässt, muss sich nämlich ein eigenes Haus bauen und das ohne fremde Hilfe. An dieses Haus ist sie für immer gebunden, egal wie gut oder schlecht ihr der Zauber gelingt. Das ist die Prüfung dafür, dass sie in der Lage ist, allein zu leben. Einen geeigneten Platz für ihr Haus hatte die kleine Hexe schnell gefunden. Auf einem Hügel, ganz in der Nähe der Behausung ihrer Eltern gab es einen wunderschönen Flecken, der, umgeben von blühenden Sträuchern, einfach ideal erschien. So machte sich Anabella mit Eifer daran, sich ihr Traumhaus zu zaubern, doch irgendwie gelang der Zauberspruch nicht. Vielleicht lag das daran, dass die kleine Hexe mitten im schönsten Hauszauber Hunger bekam und an ihr Leibgericht denken musste. Statt des erwarteten weißen Häuschens mit grünen Fensterläden und einer roten Tür stand plötzlich ein riesengroßer grüner Kürbis mit einem roten Dach und weißen Flecken vor ihr. Ihr eilig herbeigerufener Vater konnte den Zauber nicht mehr rückgängig machen. Es gelang ihm jedoch, den Riesenkürbis in ein ausgehöhltes, hölzernes Gebilde zu verwandeln. Zwar sah es immer noch aus wie ein Kürbis, doch wenigstens konnte Anabella sich vernünftige Fenster und eine stabile Tür herbeizaubern. Von innen war der Kürbis recht geräumig, sodass die kleine Hexe ihre Möbel richtig gut unterbringen konnte, obwohl sie es ja mit runden Wänden zu tun hatte. Sie ließ sich durch diesen ersten Misserfolg nicht entmutigen und legte einen Garten an, in dem sie Kräuter, wie sie für jede anständige Hexe wichtig sind, anpflanzte. Doch auch ganz normales Gemüse fand einen Platz im neuen Garten. Unter Anderem gab es natürlich auch ein Kürbisbeet. Hier wirkte der Wachstumszauber hervorragend und gerade die Kürbisse entwickelten sich nach kurzer Zeit prächtig.

Das hungrige Knurren ihres Magens weckte Anabella aus ihren Gedanken. Nun gut, dem konnte abgeholfen werden, denn inzwischen waren die Kürbisse reif. Ein besonders pralles Exemplar hatte die kleine Hexe gerade am Morgen direkt aus dem Beet in die Küche gebracht. Eine schmackhafte Kürbissuppe wäre jetzt das Richtige. Doch um die lästige Küchenarbeit auszuführen fehlte Anabella heute die Energie. Schließlich hatte sie heute schon bei dem Versuch das Geschirr abzuwaschen eine Menge Scherben verursacht. Jetzt auch noch kochen - nein, das überforderte sie total. Also klaubte sie den Zauberstab aus der Ecke und richtete ihn auf den Kürbis. Ihre Mutter hatte ihr einen speziellen Zauberspruch beigebracht, der nützlich für das Putzen des Gemüses war. Ihn murmelte die kleine Hexe jetzt. Doch mittendrin huschte ein schwarzer Schatten an ihr vorbei. Sie verhaspelte sich, versuchte den Zauberspruch so korrekt wie möglich zu Ende zu bringen und wusste doch, dass sie irgendetwas falsch gemacht hatte.

„Oh nein, nicht schon wieder!" Vorsichtig blinzelte Anabella, öffnete die vorsichtshalber zusammengekniffenen Augen schließlich ganz und schaute sich um. Auf den ersten Blick sah alles ganz normal aus, doch was war das? Es schnurrte! Eindeutig! Zu allem Überfluss schienen die Schnurrgeräusche von dem Kürbis zu kommen, der immer noch harmlos auf dem Küchentisch lag. Jetzt bewegte sich das Gemüse, sprang behände vom Tisch und rieb sich an Anabellas Bein. Beim genaueren Hinsehen erkannte die kleine Hexe, dass der Kürbis vier schwarze Pfoten, einen Schwanz und ein Katzengesicht hatte.

„Lilly, da habe ich ja was Schönes angerichtet", murmelte Anabella, denn sie erkannte die

Katze ihrer Eltern wieder. Lilly besuchte sie von Zeit zu Zeit und schenkte ihr eine Maus, die sie gerade gefangen hatte. Offensichtlich hatte das Tier sich unbemerkt in die Küche geschlichen. Es war Anabella zwischen den Zauber geraten, was zur Folge hatte, dass Katze und Kürbis untrennbar miteinander verbunden waren. Ja, zu einem Wesen zusammen gefügt worden waren.

Den ganzen Nachmittag und Abend verbrachte Anabella damit, ihre Zauberbücher zu studieren. Irgendwie musste es doch möglich sein, den Zauber wieder rückgängig zu machen! Doch sie fand nicht ein einziges Beispiel, geschweige denn einen geeigneten Zauberspruch. Während die Kürbiskatze sich pudelwohl zu führen schien und gar nicht mehr aufhörte zu schnurren, war Anabella den Tränen nahe. Wie sollte sie ihren Eltern beibringen, dass die Katze jetzt eine Mischung aus Tier und Gemüse war.

Schließlich rauchte der kleinen Hexe der Kopf vom Lesen in ihren Zauberbüchern. Sie beschloss, es für heute gut sein zu lassen. Im Übrigen hatte sie aus lauter Schreck vergessen, etwas zu essen. So bereitete sie sich einen kleinen Nachtimbiss, den sie sich mit der neuen Hausgenossin teilte. Ihre Zauberkräfte setzte sie hierbei vorsichtshalber nicht ein. Anschließend legte sie sich ins Bett und war bald eingeschlafen.

Am nächsten Morgen wachte Anabella davon auf, dass jemand an ihrer Haustür klopfte. Verschlafen rieb sie sich die Augen und hoffte insgeheim, dass sie nur geträumt hatte. Doch sie kam schnell auf den Boden der Tatsachen zurück, denn die Kürbiskatze hatte sich neben ihr zusammengerollt, soweit das bei ihrer neuen Körperform möglich war. Jetzt hob sie ebenso verschlafen den Kopf und schien Anabella anzugrinsen. Wieder klopfte es, dieses Mal heftiger.

„Du bleibst hier liegen und rührst dich nicht", wisperte die kleine Hexe Lilly zu, während sie zur Tür eilte.

„Guten Morgen. Ich wollte mal bei dir nach dem Rechten schauen", begrüßte Anabellas Mutter sie und betrat das Haus. „Sag mal, ich vermisse die Katze. Hat sie sich bei dir blicken lassen?"

Betreten schaute Anabella zum Bett, wo sich nichts rührte. Ihre Mutter folgte ihrem Blick. „Was macht der Kürbis auf dem Bett?", fragte sie.

„Ähm, ja, ich wollte ihn gerade in die Küche bringen", stotterte die kleine Hexe. Ihre Mutter schüttelte den Kopf. „Du bist heute wohl ein bisschen daneben, was. Weißt du was, ich koche uns ein schönes Kürbissüppchen, dann geht es dir gleich besser. Ich transportiere den Kürbis jetzt in die Küche und dabei zeige ich dir noch einmal den Gemüseputzzauber." Die Mutter hob ihren Zauberstab, aber Anabella fiel ihr in den Arm. „Ich habe wirklich keinen Hunger, Mama und überhaupt...ich hasse Kürbissuppe! Ja, genau! Und ich werde alle Kürbisse aus meinem Garten verbannen! Das Haus ist mir schon kürbissig genug."

Wieder schüttelte die Mutter den Kopf. „Kind, was ist denn...", weiter kam sie nicht, denn Lilly regte sich. Sie sprang mit einem Ploppgeräusch vom Bett und strich Anabellas Mutter um die Beine, die dies mit offenem Mund geschehen ließ. Schließlich räusperte sie sich. „Was hast du jetzt schon wieder angestellt, du Unglückskind?", fuhr sie ihre Tochter an.

„Ja also, eigentlich wollte ich mir eine Suppe kochen. Die Katze hat mich abgelenkt, gerade als ich den Zauber zum Gemüseputzen machte", Anabella zuckte hilflos die Schultern. „Du siehst was dabei herausgekommen ist."

„Ja, das sehe ich. Dann will ich mal versuchen den Schaden zu beheben." Gekonnt wirbelte die Mutter mit dem Zauberstab, was zur Folge hatte, dass die Kürbiskatze von Boden abhob, sich ein paar Mal überschlug und wieder auf dem Bett landete. Allerdings hatte sich an ihrem Äußeren nichts verändert. Noch einmal versuchte Anabellas Mutter ihr Glück. Dieses Mal hob Lilly ab, drehte sich wie ein Kreisel und landete auf dem Tisch, wo sie versuchte auf die Beine zu kommen. Doch schien ihr ganz furchtbar schwindelig zu sein, denn sie torkelte und wäre um ein Haar vom Tisch gefallen. „Ich fürchte, ich kann nichts machen", sagte die Mutter genervt. „Du hast einen Zauber verwandt, den ich nicht auflösen kann. Das kannst du nur allein. Ich hoffe du findest bald heraus, was du falsch gemacht hast. Ich glaube ich sollte jetzt lieber gehen."

„Na toll", dachte Anabella während sie hinter ihrer Mutter die Tür schloss. „Ich scheine ein Problem mit Kürbissen zu haben." Sie wandte sich Lilly zu, die sich von den Zauberaktionen der Mutter erholt zu haben schien. „Was meinst du?"

Dieses Mal grinste die Katze tatsächlich. „Was soll's", schien sie sagen zu wollen. „Ich fühle mich ausgesprochen wohl."

Die kleine Hexe ging in die Hocke und strich Lilly über die Nase. „Na dann. Irgendwie sind wir beide einmalig, was. Und jetzt mache ich uns ein ordentliches Frühstück. Aber ohne den Zauberstab - vorsichtshalber."

Der Zauberhut

Eigentlich hatte alles damit angefangen, dass Felix Mutter wieder einmal herummeckerte. In diesem Fall konnte er wirklich nichts dazu. Er war sich sicher gewesen, sein Lieblingscappy in die Tasche gesteckt zu haben, doch da war es nicht. Er durchwühlte erst die Tasche, dann den Rucksack, dann sein ganzes Zimmer, anschließend das Haus, doch die Kopfbedeckung war und blieb verschwunden. Natürlich bemerkte seine Mutter, dass er überall herumkramte und stellte ihn zur Rede. Was blieb Felix anderes übrig, als ihr von seinem Verlust zu berichten. Auf das folgende Donnerwetter war er überhaupt nicht vorbereitet.

Wie seine Mutter sich wieder einmal anstellte; schließlich war es doch sein Liebliegscappy, das verschwunden war. Der Verlust war schon schlimm genug, da musste er sich nicht auch noch anhören, wie schlampig er wieder einmal mit seinen Sachen umging. Doch er wusste aus Erfahrung, dass er seine Mutter nicht unterbrechen sollte, sonst würde die Strafpredigt doppelt so lange dauern. So ließ er alles einfach über sich ergehen, guckte möglichst zerknirscht und schlich sich bei der nächsten Gelegenheit aus dem Haus.

Draußen atmete er erst einmal tief durch. Das war überstanden. Schade das sein Cappy nicht wieder aufgetaucht war, es hatte perfekt gepasst und ihm immer Glück gebracht. Missmutig kickte er einen Stein vor sich her.

„Du guckst aber blöd aus der Wäsche!"

Felix sah auf und blickte in ein Paar blau funkelnde Augen, die zu einem runden, stupsnasigen Gesicht gehörten. „Selber blöd", grinste er zurück, denn der Junge vor ihm sah ziemlich lustig aus. Er war dick, trug ein rosafarbenes T-Shirt und steckte in speckigen Lederhosen mit Latz. Auf dem Kopf trug er ein Cappy, das verblüffende Ähnlichkeit mit Felix verschwundener Kopfbedeckung hatte. Felix wies anklagend darauf. „Du hast mir mein Lieblingscappy geklaut, du Bazi!"

Der Junge griff sich an den Kopf. „Du spinnst ja, ich habe das Ding schon seit meiner Geburt auf. Meine Mutter hat es mir angepasst. Es sitzt immer wie angegossen, denn es wächst mit meinem Kopf mit, weil es eigentlich ein geheimer Zauberhut ist. Was soll ich da mit deinem stinknormalen Cappy anfangen?"

Felix musterte den geheimen Zauberhut. Beim näheren Hinsehen unterschied er sich doch von seiner Kopfbedeckung, hatte eine leicht andere Farbe, irgendwie mehr rosa, so wie das T-Shirt des dicken Jungen. Felix Cappy war leuchtend rot gewesen. „Seit deiner Geburt hast du das schon auf? Sieht aus wie neu", merkte er an. „Was kann es denn alles zaubern?"

„Oh, es kann eine Menge. Zum Beispiel Bonbons machen." Der Junge griff blitzschnell an seinen Kopf und drückte Felix ein paar zermatschte Weingummis in die Hand. „Probier die mal, sind gerade hergezaubert", verkündete er stolz. Felix schüttelte die klebrigen Bärchen ab. „Ih, die sind ja ganz feucht. Kannst du nicht lieber verpackte Bonbons machen? Oder lieber eine Dose Cola?", fragte er hoffnungsvoll, denn er hatte plötzlich einen großen Durst. Wieder griff der Junge sich an den Kopf und plötzlich klimperten einige Münzen in seiner Hand. „Ich glaube wir kaufen uns lieber

Cola und Bonbons, du meckerst sonst wieder rum."

„Heute bezahle ich mal ausnahmsweise", flüsterte der merkwürdige Junge Felix auf dem Weg zur Supermarktkasse zu.

„Wie meinst du das? Wenn du klaust, dann will ich nichts mit dir zu tun haben", sagte Felix entrüstet. „Was meinst du, was das für einen Ärger gibt, wenn du erwischt wirst."

Der Junge warf sich in die Brust. „Ich werde niemals erwischt, dafür sorgt mein Zauberhut. Er kann mich nämlich unsichtbar machen."

Langsam wurde es Felix zu bunt. „Hör doch auf mit dem Quatsch. Unsichtbar! Ist das vielleicht eine Tarnkappe, was du da aufhast? Das ich nicht lache!"

Als Antwort drehte der dicke Junge das Cappy einmal auf seinem Kopf, sodass der Schirm in seinem Nacken saß, doch das kriegte Felix nicht mehr richtig mit, denn sein Gegenüber war verschwunden. „Hey, was soll das ... wo bist du hin ...", stammelte er. Jemand tippte ihm auf die Schulter und er wandte sich um.

„Ich heiße übrigens Ambrosius", sagte der dicke Junge. Jetzt saß des Cappy wieder richtig herum auf seinem Kopf. Felix musterte ihn ehrfurchtsvoll. „Wie hast du das gemacht?"

Ambrosius hüpfte vergnügt auf und ab. „Och, das ist ganz einfach, ich drehe meinen Zauberhut und schon bin ich unsichtbar."

„Darf ich auch mal?"

„Vielleicht nachher, jetzt habe ich erst einmal Hunger auf süß - sauer", Ambrosius bewegte sich hüpfend in Richtung Kasse. „Süß und sauer", sang er, warf abwechselnd eine Tüte Gummibärchen und eine Tüte saure Drops in die Luft. Felix beeilte sich, um ihm zu folgen, denn schließlich sollte der dicke Junge auch noch die Cola und die Negerküsse bezahlen, die Felix trug.

„Darf ich jetzt mal?", fragte Felix mit vollem Mund. Die beiden Jungen saßen einträchtig auf der alten Gartenbank, die ganz hinten in Felix Garten stand, und stopften sich mit Süßigkeiten voll. Henry, der dümmlich guckende Basset, hatte sich zu ihnen gesellt und bannte sie hoffnungsvoll mit seinem Blick. Ambrosius musterte ihn einen Moment. „Na gut, hier hast du auch was." Er warf dem Hund einen Negerkuss zu, den der geschickt auffing und mit Genuss verzehrte. „Ganz schön verfressen", nuschelte Ambrosius, während er sich einen ganzen Negerkuss in den Mund schob. „Aber nicht, dass du mir nachher abhaust, wenn du unsichtbar bist", wandte er sich Felix zu.

„Ach wo, ich will's nur mal ausprobieren. Du kannst mich festhalten, dann kann ich nicht weg!"

„Gute Idee", grinste Ambrosius mit schokoladenverschmiertem Mund. „Ich mache einfach deinen Gürtel an meinem Hosenträger fest, dann kannst du nicht entwischen." Er schritt sofort zur Tat. Der Gürtel war etwas kurz, sodass sich Felix auf die Bank stellen musste, aber das war ihm egal. Hauptsache er konnte den Zauberhut ausprobieren.

„Fertig?", fragte Ambrosius. „Du musst das Cappy so drehen, dass der Schirm nach hinten zeigt und dir ganz doll wünschen unsichtbar zu sein, dann funktioniert es."

Ehrfürchtig setzte Felix sich die Kopfbedeckung auf, sie passte wie angegossen, fast besser als sein Lieblingscappy. Mit einer entschlossenen Bewegung drehte er den Schirm, schloss die Augen und dachte fest daran, unsichtbar zu sein. So verharrte er einige Minuten. Ambrosius Stupser ließ ihn die Augen öffnen. „Ich glaube du hast nicht genug gewünscht, ich kann dich sehen."

Auch Henry schaute interessiert in Felix Richtung. Der nahm enttäuscht das Cappy ab. „Bestimmt funktioniert das nur bei dir, schließlich ist es dein Zauberhut."

Ambrosius hatte sich über die Gummibären hergemacht, gab aber wenigstens Henry welche ab. „Nö, mein Zauberhut macht jeden unsichtbar, der den Trick einmal raus hat. Probier es noch mal, schließlich bist du noch an mir fest."

Also setzte sich Felix das Cappy wieder auf, drehte es und dachte fest daran, unsichtbar zu sein. Ambrosius Kopfschütteln ließ ihn den Zauberhut wieder abnehmen. „Siehst du, wie ich es gesagt habe, es funktioniert nicht!"

Den Mund voll saurer Drops schüttelte auch Ambrosius den Kopf. „Es ist hoffnungslos mit dir. Selbst der doofe Hund kann sich besser unsichtbar machen als du." Mit einer entschlossenen Bewegung nahm er Felix das Cappy aus der Hand uns stülpte es Henry über den Kopf. Auch hier passte sich die Kopfbedeckung perfekt der Kopfform an. Der verblüffte Basset spuckte den sauren Drops, an dem er gekaut hatte, aus und schüttelte den Kopf, dass die Ohren nur so flogen. Doch statt abzufallen, drehte sich das Cappy auf dem Hundekopf, der Schirm befand sich plötzlich hinten und Henry verschwand.

„Mist", brüllte Ambrosius und versuchte sich mit einem Hechtsprung auf die Stelle zu stürzen, an der er den Hund vermutete. Doch hatte er ganz vergessen, dass sein Hosenträger mit Felix Gürtel verknotet war. Die beiden Jungen fielen von der Bank. Trotz aller Hast dauerte es eine Weile, ehe sie die Knoten gelöst hatten. Von Henry fehlte jede Spur. Ambrosius, den Tränen nahe, versuchte verzweifelt den Basset mit den übrig gebliebenen Süßigkeiten anzulocken, doch entweder war der satt oder hatte bereits das Weite gesucht.

„Ich gebe es auf", schluchzte Ambrosius schließlich. „Wie soll ich bloß meiner Mutter beibringen, dass ich mein Lieblingscappy verloren habe. Bestimmt meckert sie herum und gibt mir für die nächsten 50 Jahre Stubenarrest." Die Hände tief in den Lederhosentaschen versenkt stapfte er davon, ohne Felix eines Blickes zu würdigen.

Tja - was soll ich sagen. Felix und Ambrosius sind sich nicht wieder begegnet.
Henry blieb verschwunden, doch seit dieser Zeit spukt es in Felix Haus und Garten. Immer wieder verschwinden Würste und Schinken aus der Speisekammer und in hellen Nächten hört man zuweilen einen Hund den Mond anheulen.

Angie Pfeiffer, wurde 1955 in Gelsenkirchen geboren. Sie schreibt Unterhaltungsliteratur in Form von Romanen und Kurzgeschichten für Erwachsene sowie Kinderbücher. Sie hat Romane, E-Books und zahlreiche Kurzgeschichten in Anthologien, Literaturzeitschriften und der Tagespresse veröffentlicht.
Home: angie-pfeiffer.com

Bücher:

Ruhrpottklüngel
Kindheit und Jugend im Herzen des Ruhrgebiets
Ruhrpottliebe
Leben und lieben zwischen Emscher und Rhein-Herne-Kanal

Ruhrpottherzen
ein Roman über Macker und Tussis, Döppken und Blagen, Hallas und Halligalli.

Ruhrpottabschied
Männersuche per Internet

Liebesbriefe
Briefe für ganz besondere Menschen

@Mail Verkehr
Eine humorvolle Liebesgeschichte in E-Mail Form

Relativ verliebt - Liebe online
Liebe per Internet

Wie lange ist für immer?
30 Kurzgeschichten rund um das Ver - und
Entlieben.

Dackel Murphys Abenteuer
Ein Roman für große und kleine Tierfreunde

Ein Dackel namens Murphy
Ein Roman für Dackelfans, Hundelfreunde,
Katzenliebhaber und tierliebe Menschen

Insel über dem Wind
Spannende, wissenswerte und amüsante Kurzgeschichten rund um das Verreisen

Lustig bei heiter
22 Kurzgeschichten, die zum Schmunzeln,
Lächeln oder Lachen verleiten.

Das Buch des Lebens
In der Kürze liegt die Würze, Gedichte, Gedanken, Kurzgeschichten

Menschen(s)kinder
Geschichten über große und kleine Kindern.
Von großer Freude und kleinen Kümmernis-
sen. Von mittleren Katastrophen und bewe-
genden Momenten.